絶世狂人
절세
광인

절세
광인

1판 1쇄 찍음 2014년 8월 14일
1판 1쇄 펴냄 2014년 8월 20일

지은이 | 곤 붕
펴낸이 | 정 필
펴낸곳 | 도서출판 **뿔미디어**

편집장 | 이재권
기획 · 편집 | 윤영상

출판등록 | 2002년 9월 11일 (제1081-1-132호)
주소 | 경기도 부천시 원미구 상동로 117번길 49(상동) 503호 (우)420-861
전화 | 032)651-6513 / 팩스 032)651-6094
E-mail | bbulmedia@hanmail.net
홈페이지 | http://bbulmedia.com

값 8,000원

ISBN 979-11-315-3413-7 04810
ISBN 979-11-315-1159-6 04810 (세트)

目次

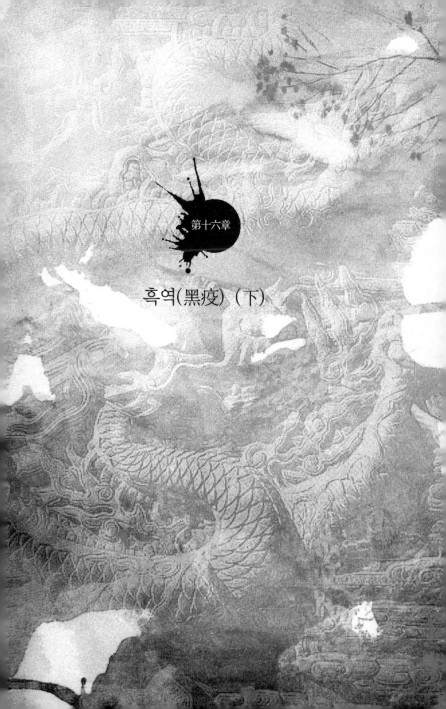

第十六章

흑역(黑疫) (下)

絶世狂人

검은 괴물이 뉴턴의 머리 위에 사과를 떨어뜨렸다.

— 익명

＊　　＊　　＊

마모로타가 죽었다.

회랑전대의 십인장(十人長) 중 하나인 바토는 그때까지도 철수하지 않고 남아 있었다. 적이든 아군이든, 다른 모든 이들이 장내를 벗어나고 있었지만, 그만큼은 떠날 수가 없었다. 왠지 마모로타의 최후를 그 혼자서라도 지켜봐 줘야 한다는 사명감이랄까? 그런 것이 있었기 때문이었다.

"너, 생각보다 경험치가 적구나."

앞머리가 눈을 다 가릴 정도로 내려온 상대의 대장이 마모로타의 시체를 향해 그렇게 말했다. 당연히 시체는 대답이 없다.

그는 고개를 들어 주변을 획 한 번 둘러봤다. 다들 각자 살기 바빠 뿔뿔이 흩어지는 것이 그의 눈에 보인 듯 아무렇지 않게 다시 고개를 이리저리 돌린다.

그러다가 자연스레 자신을 보게 되었다.

몸이 굳었다. 싸워 보지 않아도 저자가 자신보다 강하다는 건 주지의 사실이고, 바토는 누구보다도 잘 느끼고 있었다. 하지만 동봉수는 그리 오랫동안 그를 바라보지 않았다. 관심이 없는 것이리라.

동봉수는 곧 고개를 숙이고는 마모로타의 늑대인 카이지를 살펴봤다. 바토가 보기에는 이미 죽은 듯 보였는데, 실제로는 아닌가 보다.

아니, 확실히 아니었나?. 다 죽어 가던 카이지가 동봉수와 눈이 마주치자, 천근만근으로 떨어뜨리던 외눈의 눈꺼풀을 시뻘겋게 물들이며 희번덕였다.

적개심. 그것으로 가득 찬 눈이다.

"그래, 내 펫(Pet)이 되려면 그 정도는 돼야지."

동봉수가 입꼬리를 사악하게 올리며 말했다. 마모로타

가 그랬던 것처럼 바토 또한 그의 말이 무슨 뜻인지 전혀 알아듣지 못했다.

그의 손이 허공에서 기괴하게 움직였다. 꼭 무언가를 누르는 것처럼 보였다면 바토의 착각일까?

우우웅—

갑자기 기묘한 소리가 나며 카이지의 몸 전체에 알 수 없는 은은한 보랏빛 서기(瑞氣)가 어렸다. 바토는 태어나서 한 번도 본 적 없는 광경이었다. 한 가지 확실한 건 그 서기에서 뿜어져 나오는 기운이 너무도 성스럽다는 사실이었다. 동봉수의 입에 맺힌 웃음과는 정반대로 말이다.

바토가 타고 있는 회랑이 저도 모르게 뒤로 조금 물러설 정도로 상서롭지 않은 기운이었다.

'앞서 사용했던 괴이한 무공 중 하나인 건가?'

알 길은 없었다. 그저 그런 간단한 추론이 그가 할 수 있는 전부였을 뿐.

마모로타의 마지막을 지켰기에 바토는 더 이상 이곳에 머무를 이유가 없었다. 괜히 이 자리에 더 있다가 동봉수에게 죽음을 당하기밖에 더하겠는가?

그러나 그는 쉽사리 자리를 뜰 수가 없었다. 원인은 모르겠지만, 그냥 이 장소에 더 머물러 있어야 할 것만 같았다. 오히려 자리를 뜨면 죽을 것 같은 이 기분.

바토는 그냥 그곳에 있기로 했다. 비록 아주 불편한 대상이 근처에 있었지만.

'음?'

서기가 사라지자 카이지가 자리에서 일어났다. 죽은 줄 알았는데…… 지금 보니 너무 쌩쌩하다. 그 서기가 뭐였길래?

달라진 건 그것뿐만이 아니었다. 녀석의 눈에는 이미 동봉수에 대한 적의가 사라져 있었다.

그…… 뭐랄까? 아무것도 없었다. 뭔가가 남아 있다면 무감정뿐.

감정의 터럭이라고는 조금도 보이지 않는, 마치 시체의 썩어 문드러진 눈에서나 볼 수 있는 그런, 무의미한 번들거림 같달까?

동봉수가 그런 카이지의 눈을 뚫어지게 바라보다가 녀석의 머리를 쓰다듬으며 말했다.

"이건 또 이것대로 마음에 드는군. 꼭 나 같아."

거기까지 일을 마친 동봉수가 자리에서 일어났다. 그러고는 자신을 바라본다. 아니, 아니었다. 자세히 보니 자신이 아닌, 저 뒤 훨씬 먼 곳을 보고 있었다.

바토는 저도 모르게 고개를 돌려 뒤를 돌아봤다. 진작 자기가 갔어야 할 길이었다. 귀수성으로 향하는 길. 그를 뺀 나머지 회랑전대원들이 부리나케 귀환하고 있었다.

그리고 이곳으로 향하던 이자송의 본대가 진군 경로를 수정해 귀수성을 포위하듯 진격하고 있었다.

바토가 보기에는 그래도 회랑전대원들이 아주 조금이라도 빨리 귀수성에 도착할 듯 보였다. 어쩌면 아슬아슬하게라도 성 안으로 들어갈 수 있지 않을까? 성문만 열어 준다면…….

"부질없는 희망이다."

흠칫.

언제 다가왔는지 동봉수가 그의 바로 뒤에 다가와 있었다. 바토는 그 상황에서도 본능적으로 도병(刀柄)으로 손을 뻗었지만, 얼마 못 가 손을 멈춰야만 했다. 동봉수가 그의 손을 이미 붙잡고 있었기 때문이었다.

그리고 어떻게 된 일인지 그가 카이지 위에 올라타 있었다. 마모로타나 티무르 칸이 아니면 누구도 탈 수 없는 북방의 괴수가 카이지인데? 어떻게?

그렇지만 그에게 허락된 것은 질문이 아니었다.

"내 말을 알아듣나?"

한어를 아느냐는 뜻일 것이다. 바토는 바로 고개를 끄덕였다. 그의 아버지가 오르톡—북원의 대규모 상인집단—에 소속된 상인이었다. 변방상인 누구에게나 그렇듯 그들의 주고(主顧, 고객)는 대부분 한상(漢商)들. 자연히 장사의 기본은 한어였고, 그 직업을 이어받을 자식들에게도 한어를 배우는 것은 지극히 당연한 일이었다.

동봉수가 다시 말했다.

"티무르 칸은 이미 너희들을 버렸어."

"……?"

"너희들이 성을 벗어나는 순간, 너희들은 버려진 것이다."

"그게 무슨……?"

"나라도 그랬을 테니까."

도통 모를 말. 하지만 믿음이 간다. 하긴 믿지 않으면 어쩔 텐가. 이미 자신의 목숨 줄이 저자에게 있는 것을.

"한 가지만 도와주면 된다."

짤막한 말이었지만 바토는 이해했다. 어떤 일인지는 모르겠지만, 그 한 가지만 도와주면 목숨을 살려 준다는 뜻일 것이다.

바토는 다시 고개를 끄덕였다.

동봉수가 고삐를 당겨 카이지의 머리를 다시 뒤로 돌렸다. 그의 등이 보였지만, 바토는 일절 움직이지 않았다.

마모로타를 죽인 자다. 자신 같은 피라미가 어찌할 수 없는 상대.

찰브작찰브작.

피가 내를 이룬 땅이 카이지의 발에 밟히며 나는 소리가 끈적였다.

곧, 동봉수와 카이지가 마지막 남은 회회포가 있는 곳에 도착했다. 바토가 보기에 회회포는 온전치가 않았다. 아까 마모로타가 초를 부숴 놓았던 그 회회포가 분명한 모양이다. 그래도 초가 아주 부서진 건 아닌지, 이음부 끝에 달랑달랑 거리고 있었지만 끈덕지게라도 붙어는 있었다.

동봉수가 바닥에 아무렇게나 굴러다니는 밧줄들을 주워 부러진 부분을 세우고는 끈으로 묶는다. 완전치는 않았지만, 저 정도면 몇 번 발사할 동안은 제 역할을 할 수 있으리라. 바토는 그렇게 생각했다.

찰브작찰브작.

동봉수가 카이지를 몰아 다시 이동했다. 이번에는 시체 언덕이 있는 쪽이었다.

그는 악취가 나는 시체 덩어리들을 아무렇지도 않게 만졌다. 그러자 이전에 회회포가 사라졌던 것 마냥 시체들이 사라졌다.

이제는 놀랍지도 않다. 그저 특이한 기술 정도로 여겨질 뿐. 하긴 중원에 나가면 상상도 못할 무공들을 쓰는 자들이 널려 있다고 들었다. 저자도 그중 하나가 아닐까?

바토는 자기도 모르게 자신의 몸 이곳저곳을 어루만져 봤다. 비록 동봉수와 달리, 아무런 변화도 생기지는 않았지만 말이다.

모든 시체를 갈무리한 동봉수가 다시금 회회포가 있는 곳으로 돌아왔다.

그는 곧장 회회포 전두(前頭)에 붙어 있는, 석탄이 든 포낭(砲囊)으로 다가갔다. 그리고는 그 끝에 달린 예색의 반을 끌어 와 카이지의 목에 묶고, 나머지 반은 자신의 몸통에 묶고는 카이지에게서 내렸다.

마지막으로 그는 바토를 바라보며 말했다.

"이리로 와라."

바토는 별 대꾸 없이 그에게 다가갔다. 이제 부탁하고 싶은 걸 들어줄 때라는 걸 알았다.

"나와 이 녀석이 초 위에 올라타면 그때 예색을 끊어라."

바토는 동봉수가 하는 말이 뭔지도 모른 채 다시 고개를 끄덕였다.

끼기각―

대답을 들은 동봉수가 갑자기 있는 힘껏 예색을 당기기 시작했다. 카이지도 그에 발맞춰 용을 쓰며 예색을 끌어당겼다. 그러자 도대체 몇 근인지 짐작도 가지 않게 무거운 포낭이 하늘 위로 쳐들리며, 발사대인 초가 아래로 내려오기 시작했다.

"……."

처음 바토는 동봉수가 도와달라는 일이 예색을 끌어 포낭을 들어 올리는 거라고 여겼었다. 하지만 아니었나 보다.

끼이익―

포낭이 최고 높이까지 끌어 올려지자, 동봉수는 예색의 끝을 바닥에 박힌 발주(發柱)에 꽉 묶었다. 병사 오십 명이 할 일을 단 둘이서 끝냈지만, 바토는 별로 놀라지도 않았다. 왠지 모르겠지만 당연하다고 생각되어서였다.

띵— 띵—

악공이 악기의 줄을 확인하듯 동봉수가 예색의 가운데 부분을 손가락으로 살짝 튀겨 본다. 아마도 예색이, 발사하기에 충분할 정도로 팽팽하게 당겨진 것인지 확인해 보는 것이리라.

소리는 짧게 끊어졌다. 줄의 진동이 아주 적은 것이 누가 봐도 아주 잘 당겨지고 있는 것이라는 것을 알 수 있을 정도였다.

동봉수는 두어 번 더 줄을 당겨 본 뒤, 다시 카이지의 등 위에 올라탄 채 초 끝 부분에 올라섰다. 카이지가 너무 커서 녀석의 앞다리는 초의 가운데 부분에 닿을 정도였지만, 발사하는 데에 문제가 있을 정도는 아니었다.

바토도 이제는 동봉수가 원하는 게 뭔지 잘 알 것 같았다. 그리고 이걸 해야지만 자신이 살 수 있다는 것도. 단, 자신이 이렇게 함으로써 귀수성에는 어떤 일이 벌어질지 예상이 되지 않았다.

그럼에도 그는 하지 않으면 안 되었다. 어차피 자신이 하지 않아도 어떤 방식으로든 동봉수는 저 예색 끈들을 모두 끊을 것이다. 그렇다면 최소한 자신의 목숨이라도 구해야 하지 않겠는가.

"잘라라. 지금 당장."

휙. 댕강—!

피융—!

마침내 바토가 예색을 향해 도를 내려찍었고, 동봉수가 귀수성을 향해 날아갔다.

바토는 그 모습을 바라보다가 조용히 회랑을 타고 멀리 사라졌다.

*　　*　　*

티무르 칸의 청안이 번쩍 뜨인다. 마모로타가 죽었다. 비록 이미 버렸다 하나 의형제의 죽음이다.

티무르 칸은 적들과 회랑전대의 전투를 처음부터 끝까지 모두 지켜보았다. 충격이 그의 심장에 파문을 일으킨다. 보지 않았다면 믿지 못했을 기괴한 싸움이었다. 너무 멀어 자세히 보지는 못했지만, 분명 이상하긴 했다. 그리고 그 전투의 승리는 분명 마모로타를 죽인 사내, 동봉수의 것이었다.

하지만 전략적인 승리는 티무르 칸, 그의 것이었다.

회랑전대의 '희생'으로 선풍포수군은 궤멸 상태에 빠졌고, 그나마 남은 몇몇 용병들도 거의 뿔뿔이 흩어지고 있었다. 저 정도의 전과라면 회랑전대를 희생할 만하지 않은가.

티무르 칸은 눈을 좀 더 빛내며 계속해서 동봉수의 행

동과 그 주변, 그리고 전체 전장을 살펴보았다.

동봉수는 뭘 하는 것인지 쪼그리고 앉아 카이지를 살펴보고 있었고, 누군지 모를 회랑전대원 하나가 남아 그 모습을 지켜보고 있었다.

그사이에도 잔여 회랑전대원들은 부지런히 귀수성으로 귀환하고 있었고, 이자송의 본대가 그들의 귀로를 끊기 위해 귀수성 쪽으로 진격해 오고 있었다.

티무르 칸은 곧 동봉수와 회회포에 대해 신경을 끊었다. 이미 아수라장으로 변한 그곳에 더 관심을 둬 무엇하겠는가? 부러진 회회포 하나가 보였지만, 글쎄…… 저 정도로는 이 전쟁의 향방을 결정하는 역할을 해내기는 불가능하다.

그는 그렇게 판단하고 시선을 이자송의 본대로 완전히 옮겨 왔다.

"노를 쏴라."

티무르 칸의 새로운 명령이 성벽 전체의 방어대에 떨어졌다.

"노를 쏘으랍신다!"

노수(弩手)들이 일제히 이자송의 본대를 향해 노를 발사했다. 더불어, 진작부터 활시위를 당기고 있던 궁수들도 노포(弩砲)들의 공격에 맞춰 손을 놓았다.

피피핑! 퓨퓨퓨욱!

바람이 찢어지는 소리가 나며, 이자송 본대 중 앞서 돌진하던 수십 명이 쓰러졌다. 자연스레 이자송 본대의 진 군 속도가 늦춰졌다.

어차피 이 정도 거리까지 포위망을 좁혀 놓으면 티무 르 칸이 성문을 열 수가 없다는 걸 잘 알고 있기에 이자 송은 무리하게 더 전진하지 않았다. 귀수성문의 방어력이 아무리 우수하다지만, 그 여닫는 데에 있어서, 융통성이 그 방어력만큼 좋지가 않다는 걸 그도 잘 알고 있었다.

성문이 열리기만을 기다리는 이자송과 성문을 열 생각 이 전혀 없는 티무르 칸의 대립이 계속되었다. 하지만 이 자송도 티무르 칸이 성문을 열 생각이 없다는 건 잘 알고 있었다. 이 거리에서 성문을 열었다가는 본대의 성내 진 입을 허용할 것이 불을 보듯 자명했으니까.

애초에 티무르 칸은 회랑전대를 내보내면서 다시 들여 보낼 생각이 전혀 없었다. 그들의 역할은 회회포를 모두 파괴한 순간 끝이 났다. 그들을 검은 괴물이 판을 치는 초원으로 내보낸 순간 그들의 쓸모는 사라졌고, 그 희생 만이 남게 되었다.

슈슈슈슈욱—!

예상되었던 대로 이자송의 본대는 귀수성문 앞에서 오 갈 데 없이 묶인 회랑전대에게 일제사격을 가했다. 티무 르 칸은 그때를 틈타 최대한 이자송의 본대에 타격을 입 히는 데에 주력했다. 이렇게까지 가까이 붙었을 때 상대 의 수를 최대한 줄여 놓기 위함이었다.

티무르 칸은 이자송의 전위부대에 노포 공격을 집중했고, 이자송은 회랑전대를 향해 무차별 사격을 가했다. 결국 회랑전대는 갈 곳을 잃고 스러져 갔다.

피피피핑!

으악! 으, 으악!

낭만 없는 전투. 자고로 전쟁에서는 도검과 창극이 맞부딪히며 피가 튀어야 그 맛이 사는 법인데…….

하지만 이런 것이 진짜 전쟁이다. 보이지 않게 죽일 수 있다면 그렇게 하고, 그렇게 할 수 없다면 최대한 마주치지 않는 선에서 적을 격멸한다. 싸움이란 역시 이기는 것이 중요한 것이지 멋이 중요한 건 아니었다.

티무르 칸과 이자송은 모두 그런 간단한 진리에 입각해서 전쟁을 수행하고 있었다.

퍼버버벅!

끄으으으악!

서로 죽고 죽이는 일이 반복되었지만, 이자송의 표정은 그리 좋지 못한 반면, 티무르 칸은 웃고 있었다.

비록 회랑전대를 모두 잃었다 하나 적의 포대가 완파되었고, 다시 만들 수 있는 재료를 구하기도 어려워졌다. 게다가 이자송 본대의 포수들도 구 할 이상 살육되었다. 즉, 재료가 있다 하더라도 만들 수 있는 기술자가 없다는 뜻이다.

문만 잘 걸어 잠그고 있으면 적들은 알아서 제 풀에 쓰러지게 될 것이다. 티무르 칸은 지금의 전투로 인해 더욱 더 승리를 확신하게 되었다.

음산산맥에 붙은 불길이 점점 더 거세진다.

그에 반해, 회랑전대의 수는 급감하고 있었다. 이제 전멸이 멀지 않았다.

'이제 카이지도 없으니, 새로이 회랑전대를 만들기는 어렵겠군.'

티무르 칸이 이번 전투에서 느낀 감상은 고작 그 정도였다.

그에 의해 강요된 희생은 이미 까맣게 잊고 있고, 새롭게 회랑전대를 구성할 수 없다는 사실에 더욱 안타까워하는 티무르 칸이었다.

더 정확히는 카이지의 죽음. 그것이 애석할 따름이었다. 대회랑인 카이지가 있었기에 길들여지지 않는 야생동물인 회랑들을 수월히 통솔할 수 있었다.

카이지는 죽었고, 그 시체는 저곳에 마모로타와 함께 누워 있으리……?!

티무르 칸이 카이지와 마모로타의 최후를 생각하며 동봉수가 있는 쪽인 저 멀리 남동쪽을 다시 한 번 흘깃 쳐다본다. 그런데 잠시 잠깐 훑어보러 간 그의 고개가 원래대로 돌아오지 않는다. 그럴 수가 없었다.

회색 빛깔의 무언가가 이리로 날아오고 있었기 때문이었다!

'카이지?'

어불성설(語不成說)이다. 이미 죽은 놈이 어떻게 이곳으로 온단 말인가? 그것도 날아서?

하나, 정말로 그 말도 되지 않는 일이 벌어지고 있었다.

카이지가 귀수성을 향해 날아오고 있었고,

그리고 그 위에는!

동봉수가 타고 있었다.

"어…… 떻게?"

그 말을 하는 사이에도 점점 가까워지고 있었다.

"쏴라!"

노포들은 이자송의 본대를 향하고 있어 카이지를 향해 발사하기 어려웠고, 궁수대만이 발 빠르게 방향을 틀어 카이지와 동봉수에게 사격을 가했다. 어떤 방식으로 날아온 건지, 또 어떻게 동봉수가 카이지를 길들일 수 있게 된 건지는 모르겠으나, 이 화살 폭우를 피하기는 어려우리라.

하지만 예상이 언제나 잘 들어맞는 것은 아니었다. 특히나, 지금처럼 한 번 틀어진 상황에서는 점점 꼬여만 갈 때가 많은 것이 세상사다.

카이지의 등에 바짝 엎드려 있던 동봉수가 허리를 세우고는 손을 앞으로 쭉 내밀었다. 그러자 그의 손에 무엇인가 시커먼 것이 나타났다.

시체다! 그것도 검은 괴물에 오염된, 또 다른 괴물이다!

동봉수는 그걸 화살이 날아오는 쪽으로 던졌다. 그리고 또 던졌다. 계속 던졌다.

"……!"

어디서 나온 건지 시체가 계속 튀어나오고 있었다. 시체들은 동봉수와 카이지 대신 화살을 막아 내며 성벽 쪽으로 날아왔다.

티무르 칸은 검을 뽑아 들어 시체를 향해 집어 던졌다. 하지만 동봉수가 던진 시체가 한둘이 아니었다. 다급해진 그는 근처에서 활을 쏘고 있던 궁수나 노수들을 잡아 날아오는 시체들을 향해 마주 던졌다.

퍽. 퍼벅.

"으아악!"

생체와 시체가 부딪히며 둔탁한 소리가 났다. 뒤이어 생체 또한 성벽 아래로 떨어지며 시체가 된다.

지금 티무르 칸에게는 병사 한둘이 죽는 것이 중요한 게 아니었다. 어떻게 해서라도 저 검은 시체 하나라도 성벽을 넘어오지 않게 해야 했다. 마모로타와 회랑전대도 저것들을 막기 위해 버렸는데 하물며 궁수쯤이야.

결국, 시체들은 모두 막았다. 하지만 여전히 동봉수와 카이지가 남아 이쪽으로 날아오고 있었다. 반드시 저들을 허공에서 떨어뜨려야만 한다.

팟.

티무르 칸이 엄청난 속도로 성안으로 날아들어 오는 동봉수를 향해 뛰어올랐다. 이제 저자를 죽이고 발로 차 성 밖으로 떨어뜨리기만 하면 모든 일은 끝이 날 것이다.

그는 추호도 실패할 것이라고는 생각지 않았다. 비록 상대가 마모로타를 이겼다고는 하나 자신의 검을 막지는 못할 것이라고 확신했다. 지금 이 전장에서 그에게 위협이 되는 것은 흑괴(黑怪)뿐.

쐐애액.

시위를 떠난 활이 이보다 더 빠를까.

티무르 칸이 동봉수와 카이지를 향해 무서운 속도로 날아올랐다. 그는 양팔을 최대한 아래쪽으로 쭉 펴서 공기 저항을 최소화했다. 그러다가 카이지의 배가 가까이 보이는 위치까지 떠오르자 내렸던 팔을 있는 힘껏 들어 올렸다.

이제 곧 검 끝이 카이지의 배를 뚫고 올라가 내장을 후벼 판 다음 등 쪽으로 삐져나와 동봉수의 하문(下門)을 관통하게 될 것이다. 그걸로 이 일은 마무리가 지어진다.

그런데 그의 검이 카이지의 배에 막 닿으려는 순간.

갑자기!

카이지가! 그리고 동봉수가 사라졌다.

"……!"

그의 검은 허공을 허탈하게 갈랐고, 함께한 그의 몸 또

한 공중을 쭉 가로질러 상방 쪽으로 더욱 힘차게 날아올랐다. 그에 티무르 칸은 다급히 공중제비를 돌며 제동을 걸어 보지만, 원체 떠오르던 힘과 검을 쳐 올리던 힘이 강해 그 상태에서도 몇 장을 더 날아오를 수밖에 없었다.

"끄아악!"

그사이 무사히 성벽 위에 안착한 동봉수는 궁수와 노수들을 마구잡이로 죽였다. 특이한 건, 카이지가 마치 동봉수를 원래 주인인 것처럼 잘 따른다는 것이었다.

동봉수의 인랑살법이 십수 년간 단련된 마모로타보다도 훨씬 능숙해 보였고, 실제 상황이었다.

카이지는 동봉수의 앞을 가로막는 유목병들을 닥치는 대로 물어 죽였다. 그사이 동봉수는 검은 시체를 꺼내 성안으로 마구 던져 넣었다.

그제야 몸의 균형을 잡고 천근추(千斤錘)를 써 떨어지던 티무르 칸의 눈에 그 광경이 고스란히 목격되었다. 그렇게나 노력했건만······.

마침내 검은 괴물이 귀수성 안으로 물밀듯이 들어오고야 말았다.

동봉수는 궁수들과 노수들을 죽이며 성벽을 가로질러 성안으로 뛰어들었다. 그러고는 이리저리 이동하며 시체들을 귀수성 안 이곳저곳에 쏟아 냈다.

티무르 칸의 휘하에는 마모로타 말고도 뛰어난 장군들이 여럿 있었다. 그들이 동봉수의 앞을 막아섰지만, 그는 굳이 그들을 직접 상대하지 않았다. 괜히 그들을 상대하다가 귀수성 안에서 포위되면 답이 없어진다. 그는 카이지를 타고 바람같이 움직이며 빈 곳을 찾아 움직였다.

동봉수답지 않았지만, 또한 동봉수다웠다. 그는 나중을 위해 누구도 죽이지 않았다.

"시체! 시체를 걷어 내라!"

티무르 칸이 미친 듯 소리치며 동봉수의 뒤를 따라왔다.

동봉수는 특히나 티무르 칸을 더 피해 다녔다. 이유는 간단했다. 처음 성벽 위에 접근했을 때부터 영안이 그에게 저자만큼은 피하라고 경고하고 있었으니까 말이다.

[영안 발동 조건이 만족되어 영안이 자동으로 시전됩니다.]

[귀하와 10레벨 이상 차이가 나는 적이 20미터 이내에 접근했습니다. 19, 18, 17…….]

띠링띠링띠링, 띠리리리리링…….

그래도 동봉수는 시체를 모두 귀수성 안에 던져 넣기 위해 이리 뛰고 저리 뛰어다녔다. 하지만 티무르 칸을 제외한 누구도 그를 쉽사리 막지 못했다. 게다가 오 분에 한 번씩 활성화되는 보법은 그를 붙잡기 더욱 어렵게 했다.

또한, 티무르 칸이 성벽 위에서 사라지자, 이자송의 본대가 포위를 좁혀 와 귀수성을 직접 타격했다. 비록 충차(衝車)가 없다고는 하나, 성문이 공격을 받는다는 건 결코 좋은 일이 아니었다. 게다가 이미 사다리 몇 개가 귀수성벽에 대어졌다. 넘어뜨리지 않고 놔둔다면, 자칫 잘못해 성안으로 적들의 침투를 허용할지도 모를 일이었다.

'자칫 미꾸라지 한 마리에 온 물을 흐리는 정도가 아니라, 논이 완전히 망가질지도 모르겠구나.'

결국, 티무르 칸은 동봉수를 쫓는 걸 멈추고 성벽 위로 돌아갔다.

동봉수는 이후 훨씬 더 수월히 시체를 동서남북 이곳저곳에 던져 놓고는 유유히 귀수성을 떠났다. 들어올 때는 어려웠지만, 떠나는 건 그보다 훨씬 쉬웠다. 동봉수가 탈출을 위해 한 일은 그저 조금 한산한 성벽을 올라 귀수성 밖으로 뛰어내리는 것이 전부였다.

그렇게 동봉수의 바쁜 하루가 지나갔고, 티무르 칸의 악몽과 같은 하루 또한 지나갔다.

*　　*　　*

동봉수가 '시체 생화학탄'을 귀수성에 밀어 넣음으로써 상황이 급반전되었다.

황하변으로 진지를 옮긴 이자송의 진내에서는 페스트

의 전염이 극도로 둔화된 반면, 물을 조달할 수 있는 방법이 성내의 우물밖에 없는 귀수성에서는 빠르게 페스트가 창궐하게 되었다.

특히, 동봉수가 성내의 우물에 시체들을 던져 넣었기에 페스트의 감염 속도가 훨씬 빨라지게 되었다. 물을 마시지 않고 살 수 있는 인간은 없다. 우물이 모두 오염되었지만, 물을 먹지 않을 수는 없었던 것이다.

또한, 동봉수는 그날 이후에도 수시로 귀수성 안에 날아 들어와 '추가 생산' 된 생화학 병기를 귀수성 안에 던져 넣고 사라지고는 했다. 더불어, 수십 명의 유목병을 죽이는 것도 덤으로 함께.

시간은 점점 흘러갔고, 더는 티무르 칸도 버틸 수가 없게 되었다. 바야흐로 전쟁의 대미가 다가오고 있었다.

후악후악.

동봉수가 홀로 진지에서 멀찍이 떨어진 곳에서 카이지와 함께 초 위에 올라앉아 있었다.

여전히 해진 옷에, 이제는 그의 상징과도 같은 낭인검을 어깨에 비껴 걸고 있었다. 무심한 눈은 이전과 조금도 다름이 없었건만 그 모습 어딘가에서 힘겨움이 느껴진다.

"이제 정말 더 버티기 어려워……."

낮게 말을 흘리는 동봉수다. 그 가라앉은 만큼이나 그의 심신이 지쳐 있었다.

[상태 이상 페스트]가 발병했기 때문이었다.

사실 페스트가 그의 몸을 갉아먹은 지는 꽤 오래되었
다. 그가 이리저리 침투 위치를 바꿔 가며 밤마다 귀수성
을 들락날락 거린 이유도 사실은 [흡혈]을 하기 위해서였
다. 떨어지는 체력을 그렇게라도 보충하지 않으면 곧 죽
을 것 같아서였다.

하지만 그나마도 이제는 더 버티기 어려운 것 같았다.
지금에 와서는, 적을 죽여서 얻을 수 있는 체력보다 페스
트의 발병으로 인해 떨어지는 체력이 앞선다.

적도 지쳤고, 이자송 본대도 지쳤고, 동봉수도 지쳤다.
그럼에도 동봉수는 여전히 다음을 준비하고 있었다.

그리고 티무르 칸도 마찬가지로 마지막을 준비하고 있
을 것이다. 동봉수는 티무르 칸이, 물을 마실 수도 없는
이런 상황에 처해서까지 기다리고 있는 것이 뭔지 잘 알
고 있었다.

그들이 이제 올 때가 다 되었다. 그들이 오면 티무르
칸도 결전을 벌이기 위해 성문을 열게 될 것이다.

얼마의 시간이 더 흘렀을까.

투투투투투—

"드디어 왔나."

저 멀리 동남쪽에서 흙먼지와 함께, 세기 어려울 정도
로 많은 기마병들이 나타났다. 바로 대동을 함락시킨 살
라카트의 이만 유목기병이었다.

티무르 칸은 바로 저들을 기다리고 있었다. 어차피 성 안에 고립된 채로 있으면 망한다. 그렇다고 그냥 성문을 열고 전투를 벌이면, 똑같이 망한다.

그래서 그는 기다렸으리라. 머릿수를 어느 정도 맞추기 위해서. 살라카트가 귀수성의 상황을 알게 되면 결국에는 귀수성으로 병력을 끌고 오리라는 걸 잘 알고 있었던 것일 테지.

쿠구구구궁―

때를 맞춰 귀수성의 두꺼운 철문이 열리며 그 내밀한 모습을 드러냈다.

이미 출병 준비를 마친 유목병들이 빽빽이 줄지어 서 있는 것이 보인다. 그들이 튀어나옴으로써 결전이 시작될 터.

동봉수는 힘겹게 어깨에 비껴 든 검을 들어 옆으로 세웠다. 그걸로 그의 전투 준비는 끝이 났다.

다각다각.

누군가 말을 타고 그의 뒤로 다가왔다. 동봉수는 굳이 돌아보지 않았다.

"자네는 어쩔 텐가?"

예상대로 당부관이다. 아마도 이자송이 보내서 온 것일 터.

"글쎄. 어느 쪽이 더 쉽고 많은지 재고 있소."

당부관은 동봉수의 그런 말을 더 약한 적이 많은 쪽을

찾고 있다는 걸로 받아들였다. 그가 보기에도 동봉수는 지난 여러 번의 전투로 엄청나게 지쳐 보였다. 솔직히 말해서, 싸우면 안 될 정도로 말이다.

"자네가 알아서 하게나. 만약 이번 전쟁에서 승리한다면 전공은 온전히 자네의 것일세."

피식.

동봉수가 그걸 듣고는 웃는다.

전공? 그런 게 뭔데?

동봉수에게는 이번 전투를 한다는 것 자체가 전공이었다. 당부관이나 이자송이 이해하지는 못할 테지만 말이다.

동봉수가 카이지의 머리를 쓰다듬었다. 아무런 반응이 없다. 그래서 동봉수는 더 괜찮았다.

"전투가 끝나면 영물1이라고 적힌 이름을 바꿀 수 있는지 알아봐야겠어. 네놈도 그쪽이 좋겠지. 아무도 알아주지 않아도 이름 정도는 하나 있어야 하지 않겠나."

동봉수가 카이지의 부드러운 은빛 머리털을 거칠게 흩뜨리며 당부관은 이해 못 할 말을 내뱉는다. 당부관도 굳이 이해하려 들지 않았다. 이미 그에게 동봉수는 불가해한 인물이었다.

당부관은 할 말을 다 했기에 말머리를 돌렸다.

그때 동봉수의 나직한 음성이 그의 발길을 붙잡았다.

"가기 전에 이 끈이나 좀 끊어 주고 가시구려."

당부관이 고삐를 당겨 말을 멈췄다. 그러고는 말에서 내려 트레뷰셋 가까이로 다가왔다. 말은 카이지 때문에 절대 이쪽으로 오지 않으려 한다는 걸 이미 경험으로 알고 있었기 때문이었다.

"끝내 싸우려 하는 걸 보니, 자네도 어지간하군. 힘들면 굳이 더 싸울 필요는 없네."

"말이 많아지셨소."

"……알겠네. 그럼 무운을 비네."

무운? 그딴 게 필요한가? 싸움은 운으로 하는 것이 아니다. 머리와 실력으로, 그게 안 되면 때를 기다려야 이길 수 있다.

그리고 그때가 왔고, 지금 싸우지 않으면 죽는다.

"자르시오. 시간이 없소."

당부관은 잠깐 고개를 흔들고는 팽팽하게 당겨진 예색을 향해 검을 내려쳤다.

그걸로, 동봉수의 마지막 엽취가 대미를 장식하게 되었다.

* * *

"대초원의 전사들아! 싹 쓸어버리러 가자!

살라카트의 독전변(督戰辯)이다. 티무르 칸을 존경하는 것처럼 그만큼이나 짧고 굵었다.

"우와아!"

그에 고무된 이만 유목기병의 함성이 저 멀리까지 울려 퍼졌다. 그 소리를 들었는지 귀수성 앞에 포진해 있는 이자송의 원정대 전체에 긴장감이 감돈다.

두두두.

살라카트가 최선두에 서서 북방원정대의 후미를 향해 돌격을 개시했다. 이만이라는 대병력이 일으키는 모래먼지가 자욱하게 일어났고, 때를 같이 해 귀수성 안에 있던 유목병들 또한 성 밖으로 쏟아져 나왔다. 그 모습이 마치 강물이 바닷물 쪽으로 줄기줄기 빠지며 합류하는 듯했다.

북방원정대의 기병들도 그런 상황을 대비하고 있었던지, 살라카트의 만인대를 향해 마주 짓쳐들어왔다. 비록 기병 숫자에서는 살라카트 군이 앞서고 있었지만, 상대는 궁병과 방패병 등이 섞여 있어서 조합 면에서는 살라카트 군보다 훨씬 앞서 있었다.

"저 하잘 데기 없는 중원의 허접 쓰레기들에게 칼침 맛을 보여 주……!"

살라카트가 혹시라도 동요할지도 모를 병사들을 다잡기 위해 다시 한 번 입을 열었지만, 그 말을 끝까지 맺지는 못하였다.

휙휙.

저 앞에서 '이상한 것'이 날아와 자신의 만인대의 뒤쪽으로 사라졌기 때문이었다. 새는 분명히 아니었다. 하지만 분명히 날고 있었다.

"저건……!"

얼핏 개인 것 같았다. 근데 개라고 보기에는 무지막지하게 컸다. 살라카트가 아는 한에서 저렇게 큰 개는 세상에 없었다. 아니, 하나 있었지만 그건 개도 아니었고, 날 수도 없었다.

헛것을 본 건 아니었다.

주변의 몇몇 부장들도 그것을 본 것이 틀림없었다. 그들의 고개 또한 잠깐이지만 분명히 하늘 위로 향했었다. 그렇지만 그게 진짜 뭐였는지는 지금 확인할 길이 없었다. 이미 모든 말들에 가속도가 붙어 멈추면 안 되었다. 여기서 자칫 고삐를 늦췄다가는 뒤따라오던 말들의 발굽에 짓밟혀 그 형체도 온전히 남기지 못하고 죽을 테니까 말이다.

"이랴!"

살라카트는 오히려 더 가열 차게 채찍질을 한다.

뒤로 날아간 그것이 뭐였든지 간에 하나였다. 혼자서 뭘 할 수 있겠는가.

그의 첫 번째 착각이었다.

쿠구궁!

살라카트의 전위대와 원정대 후방 기병대가 마침내 충돌했다.

픽! 퍼버벅! *끄*아악!

머리들이 날고 팔다리가 분리되어 펄떡인다. 연이어 땅에 떨어져 짓밟히고 터진다. 죽음이 줄을 잇는다.

"뭐해? 이 개새끼들아! 바로바로 자리 채워! 다 뒈지고 싶어? 어?"

살라카트의 욕설 섞인 외침에 유목기병들은 끊임없이 앞자리에 생기는 빈 곳을 메웠다.

전투는 치열했지만, 양쪽 모두 정예병들인지라 어느 한쪽이 다른 한쪽을 쉽사리 제압하지는 못했다.

특히, 북방원정대의 포진 깊숙한 곳에는 궁시병이 다수 포진해 있어서 살라카트는 쉽사리 기병들을 이끌고 옆으로 빠지기도 어려웠다. 또한, 가끔씩 뒤에서 튀어나오는 보병 중에는 단족구(斷足鉤)를 든 자들이 있었다. 날이 거꾸로 달린 커다란 낫인 단족구가 아래를 한 번씩 휘저을 때면 말들의 발목이 사정없이 잘려 나갔다. 뒤이어 발목 잘린 말에 타고 있던 기수가 땅에 떨어졌고, 이내 기수의 목도 떨어질 수밖에 없었다.

확실히 북방원정대의 구성은 공성보다는 초원의 기병들을 상대하기 위한 조합으로 꾸려져 있었다.

하나, 살라카트의 기병만인대도 결코 만만치 않았다. 회랑전대만큼은 아니었지만, 그래도 나름대로 북방에서 그 명성이 자자한 전투병들이었다.

살라카트의 휘하 병사들이 뒤로 밀리지 않으며 계속해서 이자송 대를 압박했다. 아마도 저 반대편에서는 티무르 칸의 본대가 미친 듯이 원정병들을 도륙 내고 있을 것이다.

양측의 치열한 공방전을 누군가 하늘에서 보고 있다면 티무르 칸과 살라카트가 유리하다고 판단할 것이다. 적어도 지금까지는.

'그래. 이대로만 밀어붙이면 우리가 이긴다! 저들의 수가 많다 하나 양쪽으로 포위되었다! 버티기만 하면 칸께서 반드시 적들을 모조리 섬멸하시리라!'

두 번째 착각이다.

우아압! 끼끄아!

각종 비명들이 전선을 어지럽히며, 부지기수로 죽어 나갔다. 자연히 전선의 두께와 길이 또한 점점 얇고 짧아졌다.

한데, 이상한 것은 전선이 아닌 다른 곳에서도 비명이 들려온다는 사실이었다. 분명 전투는 살라카트가 서 있는 그 앞쪽에서만 벌어져야 하는 것인데, 소리는…….

'뭐지? 뒤쪽인가?'

살라카트는 애마의 발목을 베러 들어오는 단족구병의 정수리에 단도 하나를 던져 박아 넣고는 고개를 뒤로 돌렸다. 확실히 뭔가 이상했다. 기동력을 이용해, 빠르게 상대 보병들의 옆으로 들어가야 할 기병 무리들 상당수가 아직까지 뒤쪽에 묶여 있었다.

"후미로 가서 무슨 일인지 알아보고 오라."

"넷!"

그는 자신의 바로 옆에서 치열하게 전투를 벌이고 있는 부장 하나를 뒤로 보냈다. 근접전이 되었고 전선을 넓게 퍼뜨려 놓아서, 말 한 필 정도가 뒤쪽으로 빠지는 일이 그리 힘든 상황은 아니었다.

'설마 아까 그건가? 하지만 이미 전세는 이쪽으로 기울었어.'

살라카트의 세 번째 착각이다.

그는 잠시 멈추었던 도를 다시금 힘차게 휘둘렀다.

그것이 신호가 된 것일까?

갑자기 적들의 가운데를 지키던 병사들이 급격하게 뒤로 빠졌다. 살라카트와 천인대장들 상당수가 그들을 추격해 적진 속 깊숙이 파고들었다. 어차피 포위의 위험은 없다고 판단했고 여차하면 뒤로 병력을 물리면 된다고 여겼다.

그것이 그의 네 번째 패착이었고, 이만 기병의 운명을 결정지었다.

우와아아!

살라카트와 천인대장들이 빠르게 상대 진형 안으로 파고들던 어느 때였다. 갑자기 북방원정대의 포진이 급반전했다.

원정대의 뒷줄에 처져 있던 병력들이 옆으로 빠르게 삐져나오며 둥글게 살라카트의 기병들을 둘러싸기 시작했다. 애초에 수적으로는 이자송 대가 월등히 많았기에 유목기병들이 뒤로 물러서지 않는 한 포단(蒲團)에 싸이는 듯한 진형을 바꿀 수가 없었다. 그렇게 되자, 일대일이던 구도에서 이 대 삼, 혹은 삼 대 사 식의, 북방원정대에게 절대적으로 유리한 반월형 진형이 형성되었다.

끄아악! 으악!

순식간에 살라카트의 만인대 전체가 위축되었다. 그에 살라카트가 뒤늦게나마 전열을 정비하기 위해 뒤로 물러서려 했다. 하지만 이미 흥분한 유목병들을 통솔하기는 어려워진 뒤였다.

"젠장! 함정에 빠졌어!"

결국, 살라카트는 혼자서 뒤쪽으로 빠져나가려 했으나, 이미 시체들과 말들의 사체들로 인해 발 디딜 틈조차 찾기 어려웠다.

파바박.

그는 말의 안장 위에 올라서서는 말의 등을 힘껏 박차 포위망 뒤쪽으로 쭉 날아올랐다. 자연스레 막혀 있던 그의 시야까지 탁 트이게 되었다. 그러자 살라카트는 만인대의 후미에서 어떤 일이 벌어지고 있는지 똑똑히 볼 수 있게 되었다.

"……!"

누군가가 있었다.

긴 앞 머리카락을 칼날처럼 휘날리며 폭풍같이 아군의

사이사이를 누비는 자. 그리고 카이지로 보이는 회랑을 탄 자.

아무도 그를 막지 못했다.

자신이 보낸 백인장은 이미 죽은 지 오랜 듯했다. 심지어 저자는 부장 등 장수급들만 찾아다니며 집중적으로 죽이고 있었다.

타닥.

살라카트가 전장의 후위에 다시금 발을 내디뎠다. 이제는 그냥 서 있는데도 그자의 존재를 알 수 있었고, 느낄 수 있었다. 피가 모래처럼 던져지고 뿜어지는, 지옥 같은 곳에 그가 있었다.

퍼버버벅! 크르르르!

만인대가 빠져나가야 할 지점. 바로 그 위치에서 기병들의 시체가 시도 때도 없이 공중부양을 하고 있었다.

"에워싸인 건 우리였던가……?"

단 한 명에게 두 단, 이만 명의 기병만인대 후방 전원이 교란당하고 있었다.

분명히 이리저리 상처를 입은 것처럼도 보였는데, 절대로 죽을 것 같이 느껴지지는 않았다.

"착각을 하고 있었어……."

어떻게 돌아가는 형국인지 판단이 섰지만, 이미 늦은 후였다.

적은 하나가 맞았지만 혼자서도 이만 명의 후방을 차

단하기에 충분했다. 포위를 당한 쪽도 저쪽이 아니라 이쪽이었다.

전세도 저쪽으로 급격히 기울고 있었다. 그리고 이제는 적진 너무 깊숙이 들어와 있어 빠져나가기도 어렵게 되었다. 적들이 수적 우위를 이용해 차츰 포위망을 넓히고 있었기 때문이었다.

혼자서라면 어떻게든 빠져나갈 수 있겠지만, 그렇게 해서 무얼 얻겠는가.

창!

살라카트는 등에 열 십(十)자로 교차 되어 있는 쌍도(雙刀)를 뽑아 들었다. 이왕 이렇게 된 거 가장 위험해 보이는 적 하나라도 잡고 죽으리. 그래야 티무르 칸께 입은 은덕에 조금이나마 보답하는 길이 되지 않겠는가.

그는 저 멀리 보이는 피보라를 따라 달려갔다. 기병들이 너무 밀집해 있어 달려가기 어려웠기에 여차하면 아군의 목도 가차 없이 베었다.

"나와! 나오라고! 이 새끼들아!"

사내, 동봉수는 이제는 그 원래 모습을 알아볼 수 없을 정도로 전신이 붉게 물들어 있었다.

이미 유목기병들은 그의 그 괴물 같은 몰골에 접근을 꺼리고 있었다.

창.

살라카트가 동봉수의 근처로 가 쌍도를 부딪쳐 주의를

환기시킨다.

스스슥.

동봉수가 다시 한 명을 더 죽였다. 그러고는 카이지의 고삐를 돌려 살라카트를 쳐다봤다. 동봉수의 전신과 마찬가지로 카이지의 은빛 윤이 나는 털도 이미 피에 흠뻑 젖어 번들거리고 있었다.

스르릉—

살라카트는 양손에 든 도를 붙여 도인(刀刃)을 서로 긁으며 천천히 양 정강이 아래로 늘어뜨렸다. 그만의 독특한 기수식이다.

동봉수도 천천히 낭인검을 앞으로 곧게 세웠다. 그리고는 잠시 살라카트를 더 쳐다보다가 카이지의 등에서 내렸다.

"60%로 먹기에는 아까운 자로군."

그러고는 곧장 살라카트를 향해 신형을 날렸다.

*　　　*　　　*

퍼버벅.

벌써 몇 천의 목숨이 사라진 것인지 모른다. 다시 하나 더. 곧 하나 더…….

끝은 없다.

살라카트가 공격하고 있을 저 멀리 후방에서의 전투

소음도 갈수록 줄어들고 있는 것 같았다. 이기고 있어서 소리가 줄어드는 것이 아니었다. 그랬다면 그쪽으로 상대의 병력이 몰리는 것이 보였을 터. 북방원정대의 병력은 자꾸 귀수성 쪽으로 쏠리고만 있었다. 자신이 성 밖으로 데리고 나왔던 최후의 병력도 이제는 몇 천 단위로만 남은 듯하다.

'진 건가?'

질 거라곤 추호도 생각하지 않았건만…… 티무르 칸도 이제 인정할 수밖에 없었다.

졌다. 실패했다.

그의 완전한 패배다.

아주 잠깐 그의 머리 위에 도주와 권토중래(捲土重來)라는 말이 떠올랐다.

하지만 곧 지워 버렸다.

이제 갈 곳도, 더 모을 병력도, 남은 장수도 없었다. 마모로타도 죽었으며, 살라카트도 어쩌면 벌써 죽었을지도 모른다. 그 이외의 다른 뛰어난 장수들도 지금 저 밑에서 피를 흘리며 싸우고 있었다. 그들이 모두 자연으로 돌아가는 데까지는 그리 오랜 시간이 걸리지 않으리라.

티무르 칸은 승기가 기운 시점에서 오히려 귀수성으로 돌아와 성벽 위에 올라와 있었다. 강한 바람이 불어 와 그의 외청안을 아프게 찔렀지만, 다시 예전의 그 뱁새눈으로 돌아가지는 않았다. 그럴 수가 없었다.

그는 잠시지간 더 전장을 내려다보다가 고개를 돌려 성 안쪽을 바라봤다. 대초원은 아니지만, 자신의 땅. 귀수성이다. 이 성이 지난 수십 년간 북원 전체를 지켜 줬었다.

'여기도 이제 끝이구나.'

십오 세에서 육십 세까지의 남자들을 총동원한 탓인지 성내는 아주 조용했다. 기껏 해 봐야 주인 잃은 소, 돼지, 양 등의 가축이나 돌아다니면서 울어 재낄 뿐. 나머지 사람들은 어딘가에 숨어서 숨죽이고 있는지 코빼기도 보이지 않았다.

그는 입술을 굳게 물고 고개를 들어 하늘을 올려다봤다. 여전히 바람은 거세게 그의 눈과 등을 사정없이 후려친다. 그럼에도 그는 뒷짐을 진 채 묵묵히 서 있었다.

하늘은 맑고 구름은 토실토실하다. 저 아래의 가축들처럼.

"좋은 날인가?"

죽기에…….

얼마의 시간이 더 흘렀을까? 전선이 거의 귀수성 입구까지 옮겨졌다.

휘이잉—

강한 바람과 함께, 멀리서 인랑(人狼) 한 쌍이 아주 빠르게 성벽 위로 날아왔다. 티무르 칸은 보지 않았지만 알고 있었다. 그럼에도 티무르 칸은 고개를 그쪽으로 돌리거나 하지 않았다. 그의 시선은 여전히 하늘에 고정되어 있었다.

타닥.

커다란 늑대는 아무런 방해도 없이 성벽 위에 수월히 착지할 수 있었다. 그 위치는 티무르 칸에게서 십여 장 떨어진 곳이었다.

"왔나?"

티무르 칸이 시선을 내리지 않은 채 말했다. 마치 오랫동안 기다리고 있었던 것처럼. 어찌 들으면 꼭 친우에게 건네는 인사처럼 친근하게 느껴지기도 했다.

동봉수가 카이지를 몰아 그의 뒤로 다가온다.

티무르 칸이 그제야 하늘에서 시선을 거두고서는 몸을 돌렸다. 동봉수의 만신창이가 된 전신이 보였다. 피가 말라붙어 몇 겹인지 모를 피막이 몸을 뒤덮고 있었지만, 티무르 칸의 눈에는 찢어진 옷 사이 군데군데 잡힌 고름이 먼저 보였다.

"검은 괴물에게 잡아먹혔군."

"그래서 시간이 없어."

죽을 시간까지 얼마 남지 않았다는 뜻인 것인가? 아마 그럴 것이라 생각되지만, 예단하기는 어려웠다. 지금까지 동봉수의 움직임은 모두 자신의 범주를 넘어섰다. 그의 입에서 튀어나온 말이라고 해서 특별히 다를 것 같지도 않았다.

티무르 칸이 다시 입을 열었다.

"도대체 무엇이 너를 그런 꼴이 된 후에도 싸우게 하는가? 어차피 곧 죽을 텐데 말이다."

"죽을 때까지 죽은 게 아니니까."

동봉수가 낭인검을 툭 털어 새로 묻은 피를 바닥에 떨어뜨리며 대답했다.

티무르 칸은 역시나 재미있는 놈이라고 생각하고는, 손가락을 들어 하늘을 가리키며 말했다.

"글쎄? 과연 그럴까? 네가 죽인 모든 사람들처럼 어차피 너도 곧 저 위에 있게 될 것이다. 나도 마찬가지이고 말이다."

대화는 거기까지였다.

동봉수의 낭인검이 포물선을 그리며 티무르 칸의 상반신을 썰물이 치듯 쓸어 갔기 때문이었다.

캉!

티무르 칸이 급히 자신의 검을 마주 비껴 치며 동봉수의 검을 튕겨 냈다. 그사이 카이지가 앞 두 발 모두를 들어 마치 박수 치듯 티무르 칸의 하반신을 공격했다. 그는 얼마 전까지 자신의 충직한 개였던 카이지의 변심에 분노할 틈도 없이 뒤쪽으로 밀물 빠지듯 물러서야만 했다.

자신의 늑대였기에 잘 알았다. 카이지의 공격이 얼마

나 강력한지를.

　웅웅웅——

　티무르 칸은 단순히 뒤로 물러선 것이 아니었다.

　그의 장검이 팽이처럼 고속으로 회전하기 시작했다.

　"……!"

　그것을 본 동봉수는 티무르 칸이 무얼 하려는 것인지 쉬이 알 수 있었다. 저건 마모로타의 대력패전이 검에 적용된 것임에 틀림없었다. 티무르 칸의 무공이 마모로타보다 높으니 그 위력이야 말할 필요가 없지 않겠는가.

　후웅——!

　티무르 칸의 자전검(自轉劍)이 앞으로 쭉 내뻗어졌고, 동봉수의 양손이 다급히 티무르 칸 쪽 머리 위로 향했다.

　"……!"

　티무르 칸은 동봉수를 향해 찔러 가던 검의 방향을 황급히 위쪽으로 틀었다. 자신의 머리 위쪽에 뭔가 거대한 것이 갑자기 나타나 떨어져 내리고 있었기 때문이었다.

　그것은 바로 트레뷰셋이었다. 동봉수가 티무르 칸의 공격을 막기 위해 인벤토리에서 꺼낸 것이다.

　퍼버벙!

　중력적 작용에 의해 트레뷰셋은 자연히 티무르 칸의 머리 위로 떨어져 내렸고, 그것은 그의 자전검기와 부딪치며 산산조각이 났다.

후두두둑.

그 수명을 다한 트레뷰셋의 파편이 비처럼 쏟아질 때, 동봉수와 카이지의 공격이 다시금 티무르 칸에게 가해졌다.

티무르 칸은 검을 위쪽으로 뻗은 채여서 막을 방도가 없어 보였다.

하지만!

절체절명의 순간, 그의 몸이 팽이처럼 돌기 시작했다. 게다가 그 몸에는 방탄기(防彈氣)가 환형(環形)으로 둘러쳐져 있었다.

퍼벙!

신환(身環). 검환을 신체에까지 확장 적용한 티무르 칸만의 고유 무공이다. 그 위력은 검환에 조금도 뒤떨어지지 않아서, 동봉수와 카이지는 선공을 했음에도 티무르 칸의 몸에서 뿜어져 나온 고리 같이 생긴 기의 다발에 오히려 뒤쪽으로 튕겨져 나갔다.

팟!

티무르 칸은 신환을 펼친 상태 그대로 동봉수를 향해 바로 날아들었다. 저것이 바로 티무르 칸을 북방의 최강자로 만들어 준 비환검일체(飛環劍一體)다!

콰과과광!

그의 몸이 공중에서 돌면서 신환의 크기가 더욱 강

해지고 커졌다. 그 반경 안으로 들어온 성벽의 바닥이 사정없이 파이고 갈라졌다. 동봉수와 카이지도 그 사정 거리 안으로 들어가게 된다면 저처럼 종잇장처럼 찢겨 나가리라.

티무르 칸의 자전검환(自轉劍環)이 막 동봉수에게 닿으려던 순간, 동봉수와 카이지가 사라졌다. 보법을 사용해 티무르 칸의 공격을 회피한 것이다.

하지만 보법은 단 한 번뿐.

티무르 칸이 시전하고 있는 죽음의 회전은 아직 멈추지 않았다. 그는 다시금 동봉수가 나타난 곳을 향해 날아들었다. 엄청난 속도로 회전하고 있어 시야는 확보할 수 없었지만, 기감으로 얼마든지 동봉수의 위치를 파악할 수 있었던 것이다.

이제는 그의 회전이 더욱 빨라져 성벽 전체에 신환 자국이 남을 정도였다.

그것을 바라보는 동봉수의 눈빛이 깊게 가라앉으며 '무'의 지경에 가서 닿았다. 죽음을 기다리는 것이 아니었다. 죽음이 자신의 목에 그 검끝을 박아 넣기 전까지는 그럴 일은 절대로 없을 것이다.

그것이 동봉수다.

동봉수가 갑자기 검을 거꾸로 들고는 고름이 찬 자신의 몸 이곳저곳을 찔렀다. 피와 고름이 분수처럼 솟구쳤고, 이내 티무르 칸이 일으킨 선풍(旋風)에 쓸려 사방으로 튀겨져 나갔다.

[플레이어의 체력이 20% 이하로 떨어져, 모든 능력치가 10% 상승합니다.]

[생존본능 Lv.2]가 활성화되었다.

고통이 온몸을 휩쓴 것과는 대조적으로 동봉수의 눈은 더욱 낮게 가라앉았다.

흥흥흥—!

티무르 칸의 회전축이 되는 검끝이 상상을 초월하는 속도로 선회하며 동봉수 바로 앞까지 임박해 들었다. 그 모습이 마치 시추공을 파는 기계의 대형 드릴처럼 보일 정도로 무시무시했다.

동봉수는 카이지의 등에서 내렸다. 그리고는 카이지를 뒤로 보낸 뒤 낭인검의 끝이 앞을 향하게 수평으로 들었다. 그리고는 [검기]를 일으켜 티무르 칸을 향해 내뻗었다.

직도황룡의 평범한 스킬에, 보통 찌르기이다.

보름달 앞의 반딧불이랄까?

누가 보더라도 동봉수의 검기는 티무르 칸이 펼친 비환검일체의 기세에 훨씬 못 미쳤다.

이대로 맞부딪친다면 동봉수는 그 회전력에 쓸려 순식간에 갈가리 찢겨 나갈 것이 불을 보듯 뻔······!

끼링.

아니었다. JP와 진기의 충돌이 일어났다. 하나, 그 소리는 예상과 달리 그리 크지 않았다. 티무르 칸의 날아오는 속도가 엄청나 뒤로 밀려져 나가고는 있었지만, 동봉수가 그 회전에 온전히 휩쓸린 건 아니었다. 단지 날아오던 돌진력에 뒤로 밀려날 뿐이었다.

동봉수의 검끝이 정확히 티무르 칸의 회전축을 찔렀기 때문이었다. 단, 1mm라도 빗나갔다면 티무르 칸이 일으킨 자전검환에 휩쓸렸겠지만, 조금의 오차도 없이 팽이의 축을 찌르자 회전력과는 무관하게 되었다. 아무리 회전이 빠른 바늘이라도 바늘의 끝, 정중앙은 회전하고 있지 않은 것과 마찬가지.

동봉수가 아니었다면 꿈도 꿀 수 없는 정확도. 그러나 그렇다 하더라도 티무르 칸의 자전검환의 끝에는 엄청난 경력이 실려 있었다.

삐직.

동봉수의 입을 뚫고 핏물이 배어 나왔다.

지지지직—

동봉수가 신고 있는 [낭인의 피혁혜]가 성벽 바닥에 쓸려 엄청난 마찰이 일어났다. 그에 전깃불이 번득인다.

동봉수는 끝도 없이 뒤로 밀려 나갔다. 이 상태로 조금만 더 내밀린다면 낭인검의 끝이 흔들려 순식간에 자전검환에 휩쓸릴 판이었다.

그때였다.

동봉수의 입이 벌어지며 검이 하나, 윗니와 아랫니 사이에 나타났다.

내상을 입으며 내장 일부가 찢어진 것인지 검과 함께 내장 부스러기도 그의 입 밖으로 흘러내렸다. 동봉수는 그런 엄청난 고통에도 불구하고, 정확히, 아주 정밀하게 낭인검과 자전검이 잇대어진 끝 부분에 검을 찔러 넣었다. 말이 찔러 넣었다는 것이지, 기실 아주 약하게 자전검의 끝에 가서 닿은 정도였다.

[2연격 실패. 플레이어가 적을 뒤로 강하게 밀쳐 냅니다.]

[연격]의 발동으로 티무르 칸이 뒤로 넉백 되었다.

동봉수는 천근만근처럼 느껴지는 몸을 이끌고 다시금 낭인검을 뻗어 티무르 칸의 자전검 끝에 정확히 찔러 넣었다. 물론 이번에도 입에서 검이 튀어나와 같은 곳으로 가 닿았다. 티무르 칸의 신환을 뚫을 정도는 안 되었지만, 시스템이 그 행위를 공격으로는 인지해 [연격]을 발동시키는 데에는 부족함이 없었다.

티무르 칸이 재차 뒤로 밀려났다.

이때까지 티무르 칸은 본인이 뒤로 밀려나고 있는지

전혀 인지하지 못하고 있었다. 동봉수의 기가 뒤로 밀려나는 것으로만 생각했다. 하지만 곧 그것이 아니라는 걸 알 수 있었다. 왜냐하면, 기파의 충돌이 거의 없었기 때문이었다. 자신의 자전검환과 적의 검이 부딪쳤는데 어떻게 이토록 조용할 수 있단 말인가.

자전검은 일격필살의 무공인 만큼 그 위력에 비례해 공력(功力)의 소모가 막심했다.

열 번. 뒤로 밀려났다.

티무르 칸은 마침내 회전을 멈추고 바닥에 내려섰다.

"……"

동봉수가 멀쩡했다. 입가에 피를 흘리고는 있었지만, 처음 만났을 때와 전혀 다름이 없는 신색이었다. 아니, 오히려 무표정하게 서 있는 그 모습이 그리도 여유롭게 보일 수가 없었다.

어떻게?

하지만 그가 그렇게 생각하는 것과는 달리 동봉수는 사실 엄청나게 지쳐 있었고, 내상을 입어 내부가 완전히 뒤집어져 있었다.

티무르 칸도 급작스러운 내공의 대량 소모로 내부가 진탕되어 있었다. 그는 잠시 동봉수의 앞머리 칼에 가려진 눈을 바라보다가 다시금 고개를 들어 하늘을 바라봤다. 하늘은 핏빛 대지와 달리, 여전히 푸르렀다.

"하늘이 왜 저리도 파란지 아는가?"

동봉수는 대답이 없다. 그래도 티무르 칸은 계속해서 말을 이었다.

"너나 나 같은 인간들도 죽은 후에 저 파란 강을 건너면 영혼이 정화된다. 그래서 인간들은 죽음을 두려워할 필요가 없다지. 그러니 망설이지 말고 죽어라. 괜히 더 버티지 말고."

티무르 칸이 잠시 내렸던 검을 다시 들었다. 이번에는 머리 위가 아닌 옆으로 수평하게 들고 팔을 쭉 뻗었다. 그에 이번에는 팽이의 축이 검이 아닌 머리가 되었다. 그리고 다시 빙글빙글 돌기 시작했다.

우우우웅―!

아까 것이 고속으로 회전하는 송곳 같았다면 이번에는 투포환 선수가 포환을 던지기 전에 몸을 돌리는 것처럼 보였다.

동봉수는 이번에도 무심한 눈빛으로 티무르 칸의 회전을 보다가 같은 방향으로 똑같이 돌기 시작했다. 자세 또한 티무르 칸과 전혀 다름이 없었다. 굳이 다른 점을 찾자면, 그 회전 속도가 비교도 되지 않을 정도로 느리다는 것, 그 한 가지뿐이었다.

팅―

동봉수의 미약한 자전이 티무르 칸의 폭풍 같은 자전 검의 끝에 가서 맞닿았다. 그런데 이번에도 그 소리는 크지 않았다. 마치 바람에 바람이 닿으면 아무 일도 일어나지 않는 것처럼.

동봉수는 티무르 칸의 회전 주기를 눈으로 확인하고는, 정확히 그 자전의 끝이 자신의 검 끝과 맞닿게 회전을 준 것이다. 그 덕에 이번에도 검면이 아닌 검끝만이 계속해서 맞닿았다. 그런 일이 반복되자 이번에도 티무르 칸은 실속 없이 계속해서 뒤로 밀려나기만 했다.

결국, 티무르 칸은 이번에도 회전을 멈출 수밖에 없었다.

"후우후우……."

극심한 공력 소모로 티무르 칸의 입에서 거친 숨결이 흘러나왔다. 아무 말도 없었지만, 그의 표정은 극도로 굳어 있었다. 그 표정이 모든 걸 말하고 있었다. 도대체 왜 자전검이 통하지 않는 것인가?

하지만 사실 자전검은 동봉수에게 타격을 주고 있었다. 비록 검끝으로만 맞닿는 것이었지만, 그것만으로도 동봉수의 내부는 계속해서 진탕되고 있었다. 단, 그것이 죽을 정도는 아니었을 따름.

하지만 티무르 칸으로서는 그것까지 알 수 없었다. 동봉수의 얼굴은 그저 '무' 할 뿐이었으니까.

동봉수의 얼굴은 좀 전보다 조금 더 창백해졌다 뿐. 아무런 변화도 읽을 수 없었다.

동봉수는 티무르 칸의 공격이 멈추자, 고개를 옆으로

돌려 성벽 아래를 내려다봤다. 이미 북방원정대와 유목 병들이 이루고 있던 전선이 성문 거의 바로 앞까지 옮겨져 있었다. 이제 얼마 지나지 않아 성벽 위, 내성 할 것 없이 이자송의 군대가 귀수성을 점령하게 될 것이다.

웃는 것일까? 그걸 보는 동봉수의 입이 씨익 벌어졌다.

그리고는 잠시의 망설임도 없이 티무르 칸을 내버려두고 성벽 아래로 뛰어내렸다.

콰과광—!

동봉수가 [검기]를 일으켜 아군과 적군이 뒤섞인 곳에 내리꽂았다. 엄청난 폭음과 함께 대여섯 명이 분쇄되었다. 그는 거기서 멈추지 않고 마구잡이로 검을 휘두르기 시작했다. 그의 낭인검은 눈이 없는 것처럼 적아를 가리지 않고 마구 베었다.

"……."

티무르 칸은 할 말을 잃었다. 이런 능욕은 처음이었다. 자신의 자전검을 막아 낸 자도 처음이거니와 검을 겨루다가 다른 곳으로 가 딴 짓을 하는 자라니. 그의 청안이 분노로 부르르 떨렸다.

그도 곧바로 동봉수를 따라 성벽 아래로 뛰어내렸다. 이제 승패나 죽음은 어찌 돼도 좋았다.

'무조건 저놈만은 죽인다.'

그때 동봉수는 이미 체력을 20% 이상 회복했다. 그는

다시금 자신의 몸에 난도질을 했다. 역시나 고름과 피가
튀며 체력이 재차 20% 밑으로 떨어졌다.

[플레이어의 체력이 20% 이하로 떨어져, 모든 능력치
가 10% 상승합니다.]

다시 한 번 [생존본능 Lv.2]가 발동되었다.
우우웅─
곧 [운기행공], [검기]까지 낭인검에 중첩된다.
그는 바로 몸을 돌려 하늘에서 떨어져 내리는 티무르
칸을 향해 검을 휘둘렀다. 그 모습이 마치 커다란 용이
똬리를 틀었다 풀며 꼬리 치는 것 같았다.
"거룡파미?!"
퍼버버벙─!
티무르 칸은 떨어지던 그 모습 그대로 다시 하늘 위로
날아올랐다. 하지만 내부가 진탕된 것보다 동봉수가 거룡
파미를 사용한 것 때문에 더욱 놀랐다.
하지만 그것은 동봉수가 알 바가 아니었다. 동봉수는
바로 [경공]을 발휘해 티무르 칸을 향해 날아올랐다.
카랑─!
동봉수의 검과 티무르 칸의 검이 다시 허공에서 격하
게 맞부딪쳤다.
"큭!"

티무르 칸의 입에서 얇은 신음이 흘러나오며 뒤로 급격하게 날아갔다. 처음으로 동봉수가 티무르 칸을 힘으로 제압한 것이다. 티무르 칸은 계속된 공력 소모로 거의 모든 힘을 상실한 상태였고, 동봉수는 전투가 시작된 이래 가장 강한 상태였다. 게다가 흉내 낸 것에 불과하지만, 마모로타의 강맹한 초식까지 가미가 된 검법을 쓰고 있었다.

동봉수는 땅으로 떨어져 내리며 주변에 있는 병사들에게 다시 한 번 검을 휘둘렀다.

후두두둑.

피와 살이 튀며 동봉수의 체력이 좀 더 회복되었다. 동봉수는 그 기세를 몰아 티무르 칸에게 다시 달려들어 폭풍같이 몰아쳤다. 이전의 조용했던 검이 아니었다.

훙훙—! 퍼버벅—!

동봉수의 검이 일변했다. 그의 검은 마치 티무르 칸의 검법과 마모로타의 곤법을 합친 것처럼 힘찼다. 그들과 싸우며 둘의 장점을 흡수한 것이었다. 그들과 완벽히 같은 무공은 아니었지만, 아주 특이하게도 그 장점들이 동봉수의 검에 잘 녹아들어 있었다. 동봉수가 또 한 번 진화한 것이다.

캉, 카캉!

이미 내공이 거의 바닥이 난 상태의 티무르 칸이, 체력을 많이 회복한 동봉수를 당해 낼 수는 없었다.

티무르 칸은 계속해서 뒤로 쫓겨나다가 결국 성문 안쪽으로까지 떠밀렸다.

그에 동봉수의 뒤를 이어 이자송의 북방원정대가 물밀듯이 귀수성 안으로 쏟아져 들어왔다.

우와아아!

꽤 오랫동안 들리지 않던 병사들의 외침이 동봉수의 귀에 다시 인식되던 그때.

푹.

동봉수의 검이 마침내 티무르 칸의 심장에 그대로 틀어박혔다.

빠직, 빠지직.

심장을 보호하는 갈빗대가 부러지고 잘려 나가는 소리가 여과 없이 들려왔다.

티무르 칸은 뭐가 그리도 억울한지 그가 태어난 이후 가장 크게 눈을 떠 동봉수를 노려봤다.

"너…… 너……."

하지만 그는 동봉수에 대한 저주를 마무리 지을 수 없었다.

동봉수가 다른 손으로 새로운 검을 꺼내 그의 입에 쑤셔 박았기 때문에 말이다.

화아악—

티무르 칸은 그가 좋아하던 푸른 하늘을 보며 땅에 사지를 눕혔고, 그 위를 동봉수의 전신에서 뿜어지는 성광이 스쳐 지났다. 곧 그 섬광이 귀수성의 이곳저곳에 뿌려졌고, 그것이 북방원정대의 살심에 불을 지폈다.

"오랑캐들에게 하늘의 분노가 닿았다! 모조리 도륙하라!"

"우와아아아아아!"

"죽여라! 싹 없애 버려라!"

동봉수의 몸에서 레벨업 빛이 뿜어지는 걸 본 많은 병사들이 그를 우러러보며 검을 높이 치켜들었으며, 이내 적들에게 달려들어 쉬지 않고 검을 휘둘렀다.

이자송과 부관들이 뒤따라 들어와 그 모습을 봤지만, 신경 쓰지 않았다. 동봉수는 병사들에게 그런 대접을 받을 자격이 있었다. 질투 따위는 할 필요조차 없었다.

동봉수는 병사들이 그러거나 말거나 묵묵히 고개를 숙여 티무르 칸을 내려다봤다. 그늘이 드리워져 티무르 칸의 눈을 가렸다. 그로써 그가 좋아하던 하늘을 더는 볼 수 없게 되었다. 비록 죽은 뒤였다 하나, 티무르 칸으로서는 아쉬운 일이 아닐 수 없다.

"하늘이 파란 이유가 하늘이 저승으로 가는 길목에 있는 강이라서 그렇다고 했나?"

죽은 자는 말이 없다. 당연한 말이지만.

동봉수의 말이 이어졌다.

"하늘이 파란 이유는 말이지. 그딴 게 아니야. 태양으로부터 나온 빛이 지구의 대기를 구성하고 있는 기체 분자와 부딪치며 여러 색깔의 빛으로 산란하는데, 이때 파장이 짧은 파란색이나 보라색 빛이 훨씬 더 많이 퍼지지. 그래서 하늘이 파랗게 보이는 것이지. 죽으면 그냥 죽는 거야. 강 따위는 없어. 죽은 다음에 그따위 걸 기대했다면 지금이라도 포기해."

"……"

"그리고 저걸 보고 뭐가 보이냐고 물었었나?"

"……"

"저건 하늘이 아니야. 그건 네 착각이지. 저건 그냥 위일 뿐이야. 하늘? 그건 그냥 나약한 인간들이 편의상 나누어 놓은 것일 뿐. 저 위에는 더 높은 위가 있을 뿐, 네가 기대하는 그런 하늘 따위는 없어."

말을 마친 동봉수는 낭인검을 높이 들어 티무르 칸의 오른쪽 귀에 그대로 박았다.

티무르 칸의 귀가 잘려 나갔고, 짧지만 강렬했던 엽취가 마침내 끝이 났다.

우와아아아!

병사들의 미친 듯한 함성이 귀수성 전체를 뒤흔들었다. 분명 그의 검에 유목병뿐만 아니라, 북방원정대 병사 또한 여럿이 죽었음에도 아무도 신경 쓰지 않았다. 그들의 눈에 비친 동봉수는 동료 몇의 죽음으로는 상쇄될 수 없을, 불세출의 영웅이었다.

동봉수는 병사들이 그러거나 말거나 구석으로 걸어갔다. 그곳에는 카이지가 저 혼자서 토실토실하게 살이 오른 양고기를 뜯어 먹고 있었다. 아마 이것도 인공지능에 포함된, 스스로 체력을 회복하는 방법일 것이다.

카이지의 스탯창이 열려 있었기에 녀석의 체력이 회복되는 것을 실시간으로 확인할 수 있었다. 진짜 아이템은 아니었지만, 어찌 되었건 이 양고기가 생(生) 회복템인 셈.

더 크고 영양 상태가 좋은 가축은 더 많은 회복을 하게 해 줄 테지. 물론 경험치는 없었⋯⋯!

"⋯⋯!"

깨달음의 순간은 언제 어느 때 찾아올지 아무도 모른다. 소크라테스, 예수, 부처 등등⋯⋯ 여러 성인들이 그랬던 것처럼.

비록 동봉수는 그런 성인들과는 거리가 먼 괴물이었지만, 깨달음의 순간이 그에게도 찾아들었다.

'토실토실하게 살이 찐 가축은 체력을 회복시켜 준다.'

가축이 토실토실하게 살이 찐다. 가축은 사람이 키운다. 그러므로 잘 키우기만 하면 좋은 회복 아이템이 될 수 있다는 뜻.

동봉수는 양고기를 게걸스럽게 뜯는 카이지에게서 시선을 거두고서는, 그에게 환호하는 병사들에게로 시선을 돌렸다.

만연한 페스트와 계속된 전투로 지쳐 있었지만, 모두 다 정병들이다. 저들도 태어날 때부터 저렇게 정병은 아니었다. 훈련으로 만들어진 것이다.

그러므로,

잘 훈련시키기만 하면,

좋은…….

동봉수의 입꼬리가 올라간다.

그가 손을 높이 치켜들었다. 그러자 병사들이 미친 듯이 고함을 친다.

많이 죽였더니 영웅 대접을 받고, 많은 이들이 따른다. 이곳에서는 자연의 섭리처럼 당연한 법칙이다.

이번에는 동봉수의 반대 입꼬리가 올라간다. 이곳에 온 이후 처음으로 완연한 웃음을 짓는 동봉수다. 어쩌면 태어나서 처음일지도…….

동봉수는 적당히 체력을 회복한 카이지의 등에 올라타 병사들의 사이를 지나 성문으로 걸어갔다.

물론, 티무르 칸의 귀는 바닥에 그대로 버려진 채였다. 이제 동봉수에게 귀 따위는 아무래도 좋은, 쓰레기에 다름 아니었기 때문이었다. 그게 북원 제왕의 것이든 말든 아무런 상관이 없었다.

아직 곳곳에서 지엽전이 벌어지고 있었지만, 대부분의 병사들은 그저 동봉수의 등만 바라보고 있었다. 그것은 이자송도 마찬가지였다. 그는 천천히 말을 몰아와 티무르 칸의 시체 옆에서 내렸다.

타닥.

이자송이 바닥에 떨어진 티무르 칸의 귀를 주웠다.

"이귀가 귀를 버렸구나……."

그걸로 동봉수의 의사는 충분히 파악했다.

퍽.

이자송이 티무르 칸의 목을 베어 들고서는 성벽 위로 올라갔다. 그리고는 성내로 진입한 모든 병사들이 볼 수 있게 높이 치켜들며 소리쳤다.

"티무르 칸은 죽었다! 무의미한 저항은 더 이상 용납하지 않는다! 모두 무기를 버리고 투항하면 목숨만은 살려 주겠다!"

그걸로 전쟁이 끝이 났다.

이자송은 고개를 이제 성 밖으로 돌렸다. 동봉수가 여전히 병사들이 만들어 놓은 길을 뚫고 천천히 귀수성에서 멀어지고 있었다.

그런 동봉수를 향해 이자송이 큰 소리로 외쳤다.

"어디로 가는 것인가?"

동봉수가 고삐를 당겨 카이지를 멈춰 세웠다. 하나, 고개를 돌리거나 하지는 않았다.

"중원."

원래부터 싹 퉁 머리 없는 말투였지만, 이제는 아예 대

놓고 반토막이다. 그럼에도 이자송은 웃는다.

휙.

그의 손을 떠난 뭔가가 동봉수의 등을 향해 날아 갔다.

탁.

동봉수는 고개를 돌리지도 않고 뒤로 손을 뻗어 그것 을 낚아챘다. 받아 보니 화려한 윤형(輪形)의 귀고리가 달린 귀 한쪽이었다.

"받아 가게. 내가 나머지 한쪽을 가지고 있겠네. 혹시 나 내가 조정에 돌아가서 한 자리 차지한다면 자네한테 조금이나마 도움이 되지 않겠나?"

"……."

동봉수는 대답하지 않고 티무르 칸의 귀를 인벤토리에 넣었다.

그걸로 이자송은 만족했다.

"잘 가게."

카이지가 다시 움직이기 시작했다. 그리고는 곧 달려 나가 피로 흠뻑 젖은 대지를 가르며 저 멀리 남동쪽으로 사라졌다.

"저대로 보내도 되겠사옵니까?"

언제 다가왔는지 당부관이 이자송의 뒤에 서 있었다.

"혼자서 북원을 엽취한 자다. 붙잡을 방도라도 있는 가?"

당부관은 아무 대답도 할 수 없었다. 그도 이미 알고 있었던 것이다. 도저히 잡을 수 없는 자이고 잡아서도 안 된다는 것을.

이자송은 동봉수가 사라진 방향을 바라보며 잠시 입맛을 다시다가 입을 열었다.

"중원에 피바람이 불겠구나."

삭풍이 불어와 아릿한 혈향이 이자송과 당부관의 코를 에이었다.

이 세상은 게임 속이되 게임 속이 아닌, 신무림 온라인이다.

이곳에서도 깨달음은 문득 찾아온다. 그리고 그것이 동봉수의 머리 위에 떨어졌다. 마치 뉴턴의 머리 위에 사과가 갑자기 떨어진 것처럼—그것이 진짜든 후세 사람들에 의해 꾸며진 것이든 상관없이 말이다.

*　　*　　*

— 신무림 온라인 제9법칙 : 시스템은 적당한(아직 더 연구가 필요함) 대상에 한해서, 영물로 인식한다. 플레이어가 대상을 영물로 조련시키려면 시스템이 지정하는 일정한 조건을 충족시켜야 한다.

조련된 영물은 따로 스탯창이나 장비창 등을 가지며, 그것이 얻은 경험치의 60%는 플레이어의 경험치로 귀속된다.

영물은 음식을 섭취함으로써 체력을 회복할 수 있다.

※이 법칙의 모든 것은 정해진 것이나 확실한 것이 아니다.

第十七章

정주(鄭州)

絶世狂人

미치광이가 동쪽으로 가면 추격하는 자도 동쪽으로 간다. 가는 방향은 같지만, 목적은 사뭇 다르다.

— 한비(韓非), 중국 전국시대 말기의 정치사상가.

＊　　＊　　＊

소문은 빠르다.

발이 많기에 더 빠르다. 때로는 말이, 또 어떤 때는 사람이, 또 어떤 경우에는 새가, 소문의 발이 된다.

북방에서부터 발원한 소문이 전국을 강타했다.

[북원의 티무르 칸이 죽었다. 귀수성이 함락되었다.]

소문의 핵심적인 내용이다.

티무르 칸은 북원의 대호걸이자 극강고수. 그런 그의 죽음은 관이나 일반 민중에게 뿐만 아니라, 강호의 무사들에게도 작지 않은 충격을 안겨 주었다.

그리고.

한 사내에 관한 이야기도, 그 소문에 곁다리로 덧붙여져 전해졌다.

하늘을 나는 늑대를 탄 남자. 악귀같이 적의 멱을 따는 남자. 수십 개의 검을 마치 수족처럼 부리는 남자. 또, 천재적인 전략가.

그 모든 것이 어떤 한 남자를 가리키는 소문이었다. 하지만 그것은 이내 다른 소문들 사이에 묻혔다.

말이 되지 않았으니까.

늑대가 어떻게 하늘을 날 것이며, 어떻게 오직 양손만을 가진 사람이 수십 개의 검을 자유자재로 다룰 수 있겠는가.

모든 것은 북방원정군의 군단장이자 대동총관부의 총독인 이자송을 칭송하기 위해, 병사들에 의해 꾸며진 이야기로 치부되었다.

소문은······.

결국, 소문에서 끝이 나고, 이내 세간의 시선은 북방에서 거두어졌다.

원래 소문이란 것의 수명은 다음 소문이 떠돌 때까지이다. 새로운 자극적인 소문이 강호에 퍼지기 시작하자, 북방에서부터 온 소문은 어느새 소리 없이 사그라졌다.

[무림맹에서 비무대회가 열린다!]
[무림맹주가 삼십 세 이하의 젊은 고수들을 뽑아 새로운 무력단체를 만들려고 한다!]

평소의 무림맹은 정파의 상징적인 단체에 불과하다.
하나, 중원이 외세에 침탈되었을 때에는 정파의 진정한 구심점이 된다.
지금이 바로 그때이다. 천마성이 중원의 변방을 끊임없이 침범하고 있었고, 집사전이 중원 곳곳에 그 손길을 뻗치고 있었다.
고로 지금의 무림맹주인 현천진인은 어떤 면에서는 강호지주(江湖之主)였다. 그가 비무대회를 열고 젊은 고수들을 모은다는 것은 차기 강호의 향방을 결정지을 중요한 사건이었다.
강호가 그 일로 술렁이고 있었고, 현천진인의 오른팔인 파천패도 을지태가 그 일과 관련된 특별한 임무를 마치고 정주로 돌아오고 있었다.

누군가 신경 쓰이는 한 사람과 함께…….

＊　　　＊　　　＊

삼문협(三門峽).

상고의 하(夏)국 시조 우(禹)가 도끼로 산을 깨서 귀석(鬼石)과 신석(神石)으로 강의 흐름을 세 개로 나누었다는 협곡.

예로부터, 이곳은 황하강에서 가장 물살이 세기로 유명했다. 너비 사십 장의 강 양쪽 기슭은 험준한 단애이고, 북안(北岸)에서 돌출한 반도(半島)인 인문(人門)과, 강 가운데에 있는 신문도(神門島)와 귀문도(鬼門島)의 두 섬에 의해 강물이 삼분(三分)되어 대단한 급류를 이루고 있다.

이 때문에 이곳만 넘으면 황하를 반은 지나왔다는 우스갯소리 또한 늘 있어 왔다.

그렇지만, 아무리 험하다 해도 이곳을 거치지 않고서는 서안(西安)에서 정주로 가기 어려웠기에 항시 많은 배들이 지나다니는 곳이기도 했다.

남쪽에 있는 황하의 다른 지류를 이용하면 된다지만, 그 길은 이 삼문협을 통하는 것에 비해 여러모로 에둘러 가는 길이기에 사람들은 위험을 감수하고서라도 이곳을 통과하기 일쑤였다.

쏴아아―

지금도 세 명의 사람을 실은 주정(舟艇) 한 척이 신문
도와 귀문도 사이의 신문(神門)을 거쳐 빠르게 삼문협을
지나치고 있었다.

한 사람은 두 개의 노를 이리저리 움직이며 물살을 타
고 있었으니 노꾼이요. 다른 둘은 팔짱을 낀 채 구경만
하고 있으니 필시 이 거룻배의 객이라.

냉막한 인상의 회포 중년객 하나.

거기에 긴 앞머리가 턱까지 내려와 외모를 짐작하기
어려운 객 하나. 다만, 체형이 날씬하고 언뜻언뜻 보이는
주름 없이 날렵한 턱선 등으로 미루어 봤을 때 청년이었
다.

회포중년인은 사정없이 흔들거리는 배 안에서 청년의
등을 빤히 바라보고 있었다. 맨 뒤에 사공이 있고 맨 앞
에 청년이 있으니, 그가 위치한 곳은 배의 가운데였다.

회포중년인, 을지태는 앞에 앉아 있는 청년이 궁금했
다.

청년은 무척이나 과묵했다.

이 무림에는 두 부류의 말이 없는 자들이 있다.

강한 자와 약한 자.

강자는 강하기 때문에 말이 없고, 약자는 약하기 때
문에 말이 없다. 말을 할 수 없어서가 아니라, 필요가

없어서다.

강자는 말을 하지 않아도 주변에서 모든 일을 처리하기 때문에 특별히 말이 필요치 않고, 약자는 그저 시키는 대로만 일을 하면 되는 탓에 말이 필요치 않다.

한데 앞의 청년은 어느 쪽인지 도무지 감이 잡히지 않는다.

강한 것인가? 약한 것인가?

병괴의 부탁을 들어주기 위해, 팔방병고에서 그를 한 달 이상 기다렸었다. 중간에 북원의 무리들이 쳐들어와 대동총관부 전체를 뒤흔들 때에도 을지태는 숨지 않고 청년을 기다렸다.

그 얼마 뒤, 마침내 청년이 찾아왔고, 만났다.

그때 그와 대화를 나눈 이후, 아직까지 청년은 말이 없다.

"어디 있소?"

"어르신을 찾는 것이라면 정주에 있네."

"정주?"

"지금 그분은 무림맹에 계신다네. 그분을 만나려면 정주로 가야 하네."

"알겠소."

그것이 다였다.

대동을 나와 하진(河津)까지 올 때도, 하진에서 배를 타 이곳 삼문협까지 올 때까지, 청년은 말이 없다. '어르신'이 정확히 누구인지, 왜 정주로 갔는지, 왜 그가 자신을 따라와야 하는지.

을지태는 아무것도 알려 준 것이 없는 데도 청년은 잠잠하다.

분위기로만 봤을 때는 청년은 확실히 강자 쪽이었다. 하나, 몸에서 풍겨 나오는 기운은 보잘 것이 없었고, 태양혈(太陽穴, 눈썹 끝과 눈초리 끝 부분이 만나 움푹 들어간 곳)이 밋밋했다. 즉, 내력(內力)이 거의 없고 심법을 배워 본 적도 없다는 뜻.

강할래야 강할 수 없는 조건이다. 외공(外功)만으로 달성할 수 있는 경지는 한계가 있다.

청년은 십중팔구 약자여야 한다. 그것이 아니라면, 다른 분야에 달통한, 또 다른 의미의 강자이거나, 혹은 반박귀진(反樸歸眞)의 경지에 이른 숨은 기인이거나.

옆에 도도히 흐르는 장강이 빠르게 흘러 앞 물살을 밀어내고 사방으로 튀겨 자신의 무릎 위에도 앉는다. 을지태는 그럴 가능성은 희박하다 여겼지만, 앞의 청년이 이런 장강의 뒷 물살 같은 사람이었으면 좋겠다고, 문득 생각했다.

지금의 강호는 어지럽고 어렵다. 천마성이 크게 발호했고, 집사전 또한 막대한 자금력을 바탕으로 중원 이곳저곳에 세력을 넓히고 있었다. 반면, 무림맹이나 정파 측은 그저 타격을 입고 위축만 되었을 따름이다.

새로운 젊은 피. 그런 것들이 필요하다. 게다가, 아직 많은 이들이 알고 있는 것은 아니지만, 어딘가에 만성의 극음천살성을 타고난 자가 암약하고 있을 터.

지난 몇 년간 많은 피가 흘렀지만, 아직 훨씬 더 많은 피가 흘러야지만 강호에 다시 평화가 찾아들 것이다.

그렇게 얼마를 더 가자 삼문협이 끝이 났고, 마을을 끼고 있는 제법 큰 나루터 하나가 나타났다. 사람이 살기에 적합한 곳은 아니었지만, 조운(漕運) 통로로서의 지리적인 유리함 덕에 꽤 번화한 곳이었다. 큰 성도에 비할 바는 아니었지만, 지친 뱃사람들과 여행객들의 심신을 풀어주기에는 충분했다.

이제 이곳에서 큰 배로 갈아타 정주까지 쭉 가면 여로는 끝이 난다.

을지태는 노꾼에게 삯을 치르고는 앞장서서 마을 안으로 걸어 들어갔다. 그 뒤를 긴 머리 청년이 따라 걷는다.

마을은 평소에도 조용한 곳은 아니었다. 하지만 지금은 예전에 비해서도 훨씬 더 많이 북적이고 있었다.

이리저리 돌아다니는 많은 사람들이 무복을 입고 칼을 찬 걸로 보아, 새롭게 이곳에 온 객 대부분이 무인들이었다. 그것도 젊은이들.

을지태는 이곳에 왜 이렇게 갑자기 젊은 강호인들이 몰려든 것인지 잘 알고 있었다.

'후보자들이로군.'

그는 아주 낮은 목소리로 한 마디하고는 그들 사이를 지나쳐 가장 가까운 객잔을 향해 걸어갔다. 청년이 바로 그의 뒤를 따른다.

"어서 옵쇼! 두 분이십니까?"

아직 앳돼 보이는 점소이가 큰 소리로 둘을 맞았다. 녀석의 뒤에 청청루(淸淸樓)라고 적힌 커다란 편액(偏額) 또한 그들을 유혹한다.

을지태는 두말하지 않고 객잔 안으로 들어섰다.

안은 이미 상당히 번잡했다. 일 층은 이미 만석이라, 점소이는 그들을 데리고 이 층으로 올라갔다. 이 층에는 둘이 앉을 탁자가 넉넉히 남아 있었다.

점소이가 안내한 자리는 창가 쪽으로, 상당히 번잡스러운 바깥 풍경이 보이기는 했지만, 을지태는 원래 그런 걸 신경 쓰는 유형의 사람이 아니었다. 그가 보기에 청년도 마찬가지로 보였다. 장담하기는 어려웠지만.

을지태는 점소이에게 간단히 오향장육(五香醬肉)을 주문했다.

"같은 걸로 하나 더 주시오."

청년이 고저 없는 음성으로 무심하게 말했다.

오랜만에 듣는 청년의 음성이다.

이전에는 객잔에 들러도 일언반구도 없던 이의 목소리를 들어서일까? 을지태가 피식하고 웃는다. 도대체 이 청년의 무엇이 병괴를 그렇게 웃게 했을까? 어쩌면 이런 과묵함이 아닐까 하는 실없는 생각이 언뜻 떠오른다.

'그러고 보니 이자가 병괴에 이어 나까지 웃겼군.'

어떤 면에서는 그가 병괴보다 더 웃음이 없는 사람이다. 기본적으로 말수가 적으니 그럴 수밖에. 그런데 어떤 이유가 되었든지 간에 청년이 그를 웃게 했다.

재밌다는 생각이 들었다.

을지태의 입가에 오래간만에 미소가 지어질 그때였다.

"동광천(董廣川)."

청년의 평평한 음성이, 어색한 웃음을 가리기 위해 창밖으로 시선을 던지려던 을지태의 귀를 잡는다.

"……?"

"내 이름이오. 궁금해하는 것 같아서."

드디어 청년의 이름을 알게 되었다.

말을 하는데 언뜻언뜻 드러나는 청년의 하관(下觀)이 길고 매끈하다. 미남자임이 분명했다. 그런데 왜 저리도 앞머리를 길러 가리고 다닐까?

이름을 해결하자 이제는 다른 것이 궁금해진다. 상대는 그런 것을 유도하는 의문스러운 남자였다. 답답하지만 흥미로운 상대.

"을지태."

을지태가 말했다.

"……."

"내 이름일세."

일주일이 지난 이 시점에서의 통성명이란 게 어색할 법도 했지만, 둘 사이에는 그런 것이 없었다. 그저 그렇게 당연하다는 듯한 뒤늦은 상호 소개가 끝났다.

소개가 끝난 후, 둘은 말없이 창밖의 풍경을 감상했다.

이리저리 왔다 갔다 하는 젊은 무사들은 대부분이 누군지도 모를 이름 없는 문파 출신의 무사들이었다. 하지만 개중에는 대문파인 화산파나 곤륜, 그리고 공동파에서 온 이들도 보였다. 아마도 이번 비무대회에 참석하기 위해 구대문파의 제자들과 오대세가의 자제들도 총출동한 것이리라.

하나, 을지태는 별로 관심이 없었다. 어차피 맹으로 돌아가면 실컷 보게 될 일.

그렇지만 동광천은 다른지, 지나다니는 무사들을 아주 관심 있게 훑고 있었다. 아마도 또래 무인들에 대한 관심일 테지.

그렇게 잠시 기다리자, 회향풀, 계피 등의 향료로 풍미가 더해진, 간장에 조려진 돼지고기 요리, 오향장육이 나왔다. 냄새가 아주 좋은 것이 이곳 숙수(熟手)의 요리 솜씨가 제법 훌륭한 것이리라.

저절로 혀 밑에 침이 고인다. 을지태가 먼저 젓가락을

들어 편육 한 점을 집었을 때에도 동광천은 창 밖을 내다 보고 있었다.

"밖에 뭐 재미있는 것이라도 있는가? 어서 저를 들게. 빨리 먹어야 한시라도 먼저 정주에 도착할 것이 아닌가?"

한 번 말문을 터서 그런 것일까? 이제는 조금 더 편하게 말을 할 수 있었다.

그렇게 을지태가 질문을 던질 그때였다. 마치 말이 씨라도 된 것처럼 창밖에 '유희거리'가 생겼다.

퍼벙—!

객잔 일 층의 벽이 무너지며 무언가가 길거리로 벼락같이 튀어나왔다. 탁자 몇 개와 옆에 가꿔진 꽃나무 가지 부서진 것도 약간 같이 쏟아져 나왔다. 사람이었다.

'싸움이 난 것인가?'

아무래도 혈기방장(血氣方壯)한 청년들이 모여 있다 보니 시비를 피하기가 어렵나 보다. 하물며 호승심이 강한 강호의 젊은이들이 바글바글거리고 있으니, 말해 봐야 입만 아프다.

청청루 벽을 부수며 튀어나온 청년은 백의를 입은 준수한 이십대 곤륜파 제자였다. 어깨 도포 자락에 구름 모양의 수실이 붙어 있는 것이 그 증거였다.

휘리릭—

그는 벽이 부서질 정도로 강하게 부딪쳤는데도 아무렇

지 않게 공중제비를 돌아 땅에 곧게 섰다. 제법이었다.

"곤륜백룡(崑崙白龍)이라는 녀석이로군."

을지태는 청년을 한눈에 알아봤다.

곤륜백룡 백파검(百破劍) 우심기(宇深氣).

서열 매기기 좋아하는 무림의 입방정들이 만들어 낸 삼성오봉구룡(三星五鳳九龍) 중 하나다. 삼성오봉구룡이란 강호의 후기지수(後起之秀) 중 발군인 열일곱 명을 말함이었다.

을지태는 그런 것들을 썩 믿는 편은 아니었다. 자신이 우내이십대 고수에 들어가 있는 것도 과히 탐탁지 않았다. 이신삼괴까지는 모르겠으나, 그 밑의 오고십대는 좀 아니었다. 무림에는 그들보다 강한 이들도 많이 있었다.

강호는 그야말로 광활해, 어디에 어떤 고수가 숨어 있을지 모르는 곳이다. 당연히 그 정확한 무위를 알기 어려운 수많은 기인들이 존재한다. 그런 이들에게 그리도 쉽게 서열을 매기다니. 각 대문파들의 장로원에만 해도 오고십대 중 십대급의 고수들이 한둘 씩은 있을지도 모르는 일이다.

게다가 이 순위라는 것 자체가, 태반이 정파 위주로 구성되어 있어서 실제 무림 전체를 제대로 반영하지도 못했다.

무공의 고하 여부에 무슨 정사마가 있는가?

도저히 부정할 수 없는 천마성주 등 몇몇을 제외하고

는 거의 대부분이 정파의 인물들로 우내이십대 고수가 채워져 있었다. 심지어 삼성오봉구룡은 모두 정파의 아해(兒孩)들로 구성되어 있다.

'아마도 얼마 지나지 않아 그 모든 기준이 뒤엎어질 것이다.'

을지태는 그렇게 확신했다. 그동안 천마성이나 집사전 혹은 또 다른 세력들과 큰 마찰 없이 지내 오는 통에 무림이 정체되어 있었고, 마도와 사파의 많은 고수들이 중원에 알려지지 않았다.

헌데, 지난 일 년간의 전쟁으로 이미 여러 마도의 고수들이 정파에 알려졌다. 아마 몇 년이 더 지나면, 우내이십대고수의 이름도 여럿 교체될 것이다.

물론, 삼성오봉구룡도 마찬가지.

어쨌건, 을지태의 마음에 들든 아니든 우심기도 지금은 그중의 하나이다. 그런 만큼 그의 실력이 정파의 젊은 층에서는 출중할 터.

그런데 그중 하나를 저렇게 날려 보냈다?

'상대는 다른 삼성오봉구룡의 한 명인가?'

을지태는 그렇게 추측했다. 호사가들이 하는 말이 그리 신뢰가 가지는 않지만, 최소한 이곳처럼 무림맹의 앞마당에서는 믿어 줄 만했다. 이곳에 뜬금없이 사파나 마도의 젊은 고수가 등장해 구룡 중 하나를 날려 버렸다고 생각하는 것은 어불성설 아니겠는가.

그가 살짝 안력을 돋우어, 그 상대가 나오길 기다리고 있으니, 부서진 벽을 통해 청의무복을 입은 누군가가 밖으로 천천히 걸어 나왔다.

타브작타브작.

마치 중년의 노련한 고수처럼 여유 있는 모습의 사내였다.

남자였으니, 오봉에서는 빠지고…….

삼성이나 구룡 중 하나인가? 전에 죽은 도성 도허옥과 지금 저 자리에 있는 우심기를 뺀 나머지 열 명 중 하나일 거라고 생각했는데, 그것도 아니었다.

을지태는 삼성오봉구룡을 모두 만나 본 것은 아니었지만, 그 인상착의는 자세히 알고 있었다.

팔 척이 넘어 보이는 장신, 치렁치렁하게 자란 긴 머리를 아무렇게나 질끈 뒤로 묶어 넘긴 폼세, 원래는 짙은 파란색이었겠지만 얼마나 많이 바랬는지 하늘색으로 변한 무복, 깎지 않아 하관 전체를 뒤덮고 있는 수염.

그렇다고 나이가 많은 것 같지도 않았다. 정기가 넘치고 반짝이는 눈이 젊은이의 눈이었다.

삼성구룡 중 저런 모습을 한 이는 아무도 없었다. 그중 누구도 저런 초라한 몰골로, 자신들의 세력권 밖을 나돌아 다닐 만한 가문이나 문파의 후예들은 없었다.

그런데.

청의청년의 추레한 모습과는 달리 좌수에 들린 장검은

고색창연(古色蒼然)했다. 오래되었지만, 기품이 흘러나오는 진짜배기 검이었다. 검집이나 검병에 어떤 문양이 그려지거나 보옥이 박혀 있는 것은 아니었지만, 은은한 푸른빛이 돌아 신묘하게 보였다. 뽀얗게 덮인 먼지만 털어 낸다면 그야말로 독특한 빛깔을 자랑할 명검이 틀림없었다.

"저건……?"

을지태는 그 검을 알아봤다. 몇 십 년 만에 처음 마주한 검이었지만, 못 알아보려야 그럴 수가 없는 인상 깊은 검이었다.

"태천강검(太天剛劍)?!"

을지태의 입에서 의외의 경호성이 흘러나온 그 순간.

"이 자식이!"

우심기가 거칠게 욕설을 내뱉으며 푸른색 무복의 사내에게 달려들었다.

그의 주먹이 청의사내의 안면을 향해 매섭게 날아들었다.

곤륜이 자랑하는 권식 중 하나인 추운권(追雲拳)이었다.

간단한 정권 찌르기에 불과했지만, 곤륜파 특유의 수려한 움직임이 간결하게 내포되어 있었다.

한데!

팅, 퍽!

"큭!"

스릉, 슥.

청의사내가 좌수의 무지(拇指, 엄지손가락)를 까딱여 검병을 들어 올렸다. 그가 우심기의 공격을 막기 위해 취한 행동은 그것이 전부였다.

엄지가 검병을 치자 상어나 범고래가 먹잇감을 집어삼키기 위해 물 밖으로 튀어나오듯 장검의 뒤쪽 끝이 쭉 뽑혀 나오며 우심기의 주먹을 쳤다. 그에 우심기의 주먹이 원래의 경로를 완전히 이탈했다. 주먹은 청의사내의 머리 위로 지나쳤고, 우심기의 몸은 되려 앞으로 쏠려 청의사내 쪽으로 기울었다.

청의사내는 그 틈을 타 검병의 끝을 우심기의 목에 가져다 대었다. 만약 검의 손잡이가 아니라, 검날 부분으로 우심기의 목을 그었다면 이 한 수에 우심기는 그 목숨을 잃었으리라.

간단한 듯 보였지만, 결코 쉬운 일이 아니었다.

"……놀랍군."

을지태는 집었던 오향장육 한 조각을 다시 내려놓았다. 태천강검의 출현에 이어, 그 주인의 놀라운 한 수가 그렇게 만들었다. 이제 그의 흥미는 음식에서 싸움으로 완벽하게 넘어갔다.

동광천의 고개도 그쪽을 향하고 있었다. 저 싸움을 주시하고 있는 것이 분명했다. 다만 머리칼로 얼굴 전반이

가려져 있어서, 정확히 어느 곳을 보고 있는지 알기는 어려웠지만.

"네, 네 이놈! 너 따위 놈이 감히 이 곤륜백룡에게 이런 짓을 하고도 무사할 성 싶으냐?"

실력에서 밀린 우심기가 청의사내에게 도리어 눈을 부라리며 위협을 한다.

스릉.

곤륜파의 성세나 우심기의 명성에 두려움을 느낀 탓일까? 청의사내가 반쯤 뽑았던 검을 내려 다시 검집에 넣었다. 그리고는 우심기를 스쳐 지나 앞으로 걸어갔다. 우심기는 혹 청의사내가 갑자기 공격할까 싶어 몸을 움찔했다. 그만큼 사내가 보여 준 한 수가 엄청났던 것이다.

하나, 사내는 애초에 우심기를 공격할 의사가 전혀 없었다. 그는 그저 앞으로 계속 걸어갈 뿐이었다. 그 방향으로 미루어 봤을 때 그가 향하는 곳은 나루터였다.

그때.

"게 섰거라!"

객잔 밖으로 한 떼의 무리가 쏟아져 나와 청의사내의 발길을 붙잡았다.

모두 매화수실이 달린 검을 들고 붉은색 화의를 입은 것이 화산파의 제자들임이 분명했다. 뒤이어 또 다른 무리의 인물들도 튀어나왔는데, 백의를 입고 어깨에 구름모양의 수실이 매달려 있는 것이 곤륜파의 제자들이었다.

아마도 청의청년은 화산파와 곤륜파 둘 다 와 시비가 붙은 것 같았다. 아니면, 둘 중 하나와 붙었는데, 다른 한쪽이 도와주거나.

을지태는 궁금했다.

그들이 왜 싸움이 붙었나, 어떻게 된 일인가 등의 자초지종은 전혀 알고 싶지 않았다. 그가 궁금한 건, '태천강검'의 주인임이 분명한, 청의사내의 실력이었다.

'진짜 검이 되어 출도한 것이냐? 아니면 잠시 잠깐 콧바람이나 쐬러 강호 나들이를 나온 것이냐? 한번 보여봐라.'

후자라면, 이곳에서 조용히 원래 있던 산으로 돌아가는 게 나으리라.

청의사내가 멈춰 섰다.

천천히 고개와 몸을 뒤로 돌렸다. 그의 덥수룩한 머리 사이에서 번뜩이는 눈이 화산파의 제자들과 곤륜파의 제자들을 훑다가 무심코 객잔의 이 층으로 향했다.

을지태와 눈이 마주쳤고, 뒤이어 그 앞에 앉아 있던 동광천과도 시선을 똑바로 부딪쳤다.

하나, 그건 말 그대로 스쳐 지나갈 정도의 짧은 시간에 불과했다.

"야수로군."

짧은 동안의 부딪침 만큼이나 짧은 을지태의 평이었다.

그가 봤을 때 청의사내는 다듬어지지 않은 날 것 그대로의 야수였다.

반면, 동광천의 평은 전혀 달랐다.

잠깐 스쳐 지난 청의사내의 눈빛은 그의 뇌를 그대로 터뜨려 버릴 것만 같았다. 강렬했다. 그렇지만 희한하게도, 날 것 그대로의 그 눈빛에 욕심이 없었다. 그저 순수하게 투명할 뿐.

저쪽 세상에서 사냥을 하다가 한 번 본 적이 있는 눈빛이다. 그때 그놈은 스스로 정의라고 착각을 하고 있어 저런 눈빛이었지만, 저놈은 다르다.

완전히 순수하게 '검' 하나만 보고, 강함 하나만 믿고 있는 그런 눈빛이다. 옳다 그르다로 평가할 수 있는 인간이 아니었다. 어떤 면에서는 자신과 같은 존재.

그야말로 검. 그 자체인 인간이었다.

동광천은 살면서 한 번도 저런 인간을 보지 못했다. 인간은 누구나 동물이며 초식 위주의 잡식성이다. 간혹 육식동물들이 있으며, 그런 이들이 그의 사냥 대상이다.

그런데 저자는 그런 포식자가 아니었다. 그러면서도 아주 강렬하다. 머리 뒷골이 뜨끈뜨끈할 정도로 호승심을 자극한다.

남을 공격해 빼앗거나 죽이며 생존하는 그런 동물은 아니다. 초식동물이다. 초식동물인데, 굉장히 강한······ 초식형 야수라고 해야 하나? 마땅히 표현할 단어가 생각나지 않을 정도로 특이한 유형의 인간이다.

굳이 비유하자면,

'코끼리인가⋯⋯?'

코끼리는 사실상 동물의 제왕이다. 초식을 하지 않았다면 누구도 당해 내지 못하는, 지상최강의 생물.

저런 게 초식동물의 제왕인가?

동광천의 심장이 아주 약간이지만 두근거렸다. 사냥 대상이 아닌 사람에게 이런 감정을 느끼다니. 아니, 사냥 감들에게서도 이 정도의 느낌을 받는 일은 매우 드물었다.

그럼 저놈은⋯⋯ 사냥 대상일까?

동광천은 을지태와 다른 의미로 청의사내에게 흥미가 생겼다. 그의 눈이 이전보다 더 청의사내에게 집중한다. 물론, 머리칼에 가려져 있어 누구도 알 수는 없었지만.

"당장 화 소저와 본 공자한테 사과하지 않으면 강호의 도리에 따라, 우리가 너에게 호된 가르침을 내릴 것이다."

패거리가 늘어나자 자신감이 생겼는지 우심기가 재차 앞으로 나서며 청의사내에게 먼저 으름장을 놓는다.

"하지⋯⋯ 않았다. 나는⋯⋯ 아⋯⋯ 무런 일도⋯⋯."

청의사내의 말은 앞뒤가 뒤죽박죽이었고 굉장히 어눌했다. 마치 수 년간 말을 잊고 살다가 이제 막 첫 마디를 뱉은 것처럼.

"아무런 일도 하지 않았어? 네놈이 그 더러운 눈빛을 화 소저에게 계속해서 보내지 않았더냐?"

그렇게 말하며 청청루 안을 잠깐 돌아보는 우심기였다. 마치 나 잘하고 있지 하는 식의 뻐기는 듯한 말투와 자세였다. 아마도 청청루 안에 그 화 소저라는 여자가 있을 것이고, 그녀에게 사심이 있는 것이 확실했다.

"하지…… 않았다. 나는……."

청의사내가 똑같은 말을 반복했다. 여전히 어눌했지만, 어딘가 좀 더 어조가 강해져 있었다.

"본 공자는 네놈에게 분명히 사과할 기회를 줬다."

"……."

"아까는 본 공자가 검을 쓰지 않아서 그런 것인데, 네놈이 고작 그 알량한 무공 하나를 믿고 이리도 방자하게 나오다니. 이 백파검이 네놈의 그 음탕한 눈을 도려내 주마."

그렇게 말하며 우심기가 허리에 차고 있던 검을 반쯤 뽑았다.

그의 백파검이라는 별호는, 곤륜산 근방에서 활동하는 백 명의 고수들과 비무를 해서 이겼기에 얻은 것이었다. 아마 검을 뽑기만 한다면 그 명성 그대로 날카로운 검격으로 청의청년을 공격할 것이다.

일촉즉발(一觸卽發)의 순간.

"뽑지…… 마라. 후회하게 될 것……."

청의사내가 나지막이 얘기했다. 그 떠듬떠듬한 말이 묘하게 섬뜩하다.

하지만 이미 검을 반이나 뽑은 우심기는 마저 다 뽑을 수밖에 없었다. 이미 한 번 망신을 당했다. 여기서 만약 검을 다 뽑지 않고 도로 집어넣는다거나 상대를 용서한다면, 앞으로 사제들과 화 소저 앞에서 얼굴을 들지 못하게 될 것이라 여겼다.

창!

우심기가 마침내 검을 뽑았다. 아니, 뽑으려 했다.

그의 검신이 십중팔구 정도 뽑혀 나왔을 때, 청의사내가 마침내 움직였다.

스르륵.

"······?!"

분명 발이 땅을 딛고 있었지만, 한편으로는 허공을 디디며 앞으로 미끄러져 나아가는 것 같은 기이한 신법. 특이한 건, 그 발을 밟는 모양이 어떤 일정한 형태—어찌 보면 마치 진법 같은—와 법칙을 따르는 것 같으면서도 무질서한 것처럼 보였다. 그러면서도 엄청나게 빨랐다. 청의사내의 몸이 몇 가닥의 푸른 잔상으로 보일 정도로 말이다.

단 일곱 걸음.

꼭 한 걸음 같은 그런 일곱 걸음.

"······!"

청의사내가 우심기 앞에 서게 되었다. 우심기의 검은 아직 완전히 뽑힌 상태가 아니었다. 반대로, 언제 뽑았는지 청의사내의 손에는 이미 장검이 들려 있었고, 그 검면의 끝이 우심기의 검 손잡이 끝을 뒤에서부터 내려치고 있었다.

팡!

우심기는 뽑던 자세 그대로 다시 검을 집어넣을 수밖에 없게 되었다.

그리고도 청의사내의 장검은 멈추지 않았다. 우심기의 검을 원 위치 시킨 그의 검이 우심기의 목 높이와 비슷하게 들리더니, 과일을 돌려 깎기 하듯 빠르게 우심기 목 주변을 훑었다.

스아악—

목이 베였다. 완전히 베인 것이 아닌, 목 주변이 도려내진 것처럼 가늘게 선이 그어져 있었다. 당연하게도 우심기의 목에서, 과즙이 흘러나오듯 피가 배어 나와 목 아래로 줄줄 흘러내렸다.

"으, 으악!"

소리를 지르는 걸 보니 죽은 것은 아니었다. 하지만 그 고통과 공포란……. 끔찍했다. 목을 도릴 정도면 죽이려면 얼마든지 죽일 수 있었다는 뜻. 우심기가 피뿐만 아니라, 오줌까지 질질 지리며 바닥에 주저앉는다.

"이 자식이……!"

화산파와 곤륜파 제자들이 그제야 반응한다. 하나, 누구도 청의사내만큼 기민하게 움직이지 못했다.

스스스슥.

마치 북두칠성을 그리듯이 움직이며 모든 이들의 목에 우심기의 목에 만들어 놓은 것과 똑같은 상처를 내는 청의사내.

이내 모두들 목을 부여잡고 우심기처럼 바닥에 드러누워 뒹군다.

화산파와 곤륜파의 정식제자들을 저런 꼴로 만들고서도 청의사내의 얼굴은 냉엄하기 그지없었다. 마치 아무런 상관이 없다는 듯.

그리고는 몸을 돌려 다시 가던 길을 가려 한다.

"이봐요!"

청청루에서 매화꽃잎처럼 하늘거리는 몸매를 가진 화의여인이 나오며 다시 한 번 청의사내의 걸음을 멈춰 세웠다.

붉은 수실이 매달린 검을 들고 있는 것이 화산의 제자임이 틀림없었다.

"아직 내가 남았어요. 그냥 가려거든……."

"뽑지…… 않아……. 여인에게는……."

청의사내는 몸을 돌리지도 않은 채 화의여인의 말을 끊었다.

여자에게는 검을 뽑지 않는다는 말이 그녀의 자존심을

건드린 것일까. 화의미녀는 기분이 상한 듯, 벼려진 검과 같이 곧게 뻗은 눈썹을 역팔(八)자로 들어 올리며 소리쳤다.

"여자라고 무시하는 건가요?!"

타브작타브작.

청의사내는 대답 대신 걸음을 다시 나루터로 옮겼다. 그걸로 대답은 충분히 된 셈.

창!

"멈춰! 멈추지 않으면 이 화예지(花銳智)의 검이 너를 용서치 않을 것⋯⋯!"

스스스슥.

화예지가 검을 뽑자, 그제야 청의사내가 움직였다. 그의 몸이 다시금 북두칠성의 칠궤를 밟으며 화예지에게 다가갔다. 얼마나 빠른지 마치 몸이 늘어난 듯 보일 정도였다.

이전과 달리 청의사내는 장검을 뽑지 않았다. 그저 오른손을 들어 검지를 쭉 뻗어 화예지의 이마를 콕 찔렀을 뿐이다. 그러면서 내뱉는 어눌한 말.

"찔렀⋯⋯ 다⋯⋯. 내가⋯⋯ 더⋯⋯ 세. 너보다⋯⋯."

"⋯⋯."

화예지는 아무 말도 할 수가 없었다.

가까이서 본 사내의 눈은 지독히도 투명했다. 그녀의

모습이 고스란히 투영될 정도로. 화예지는 그 눈에 비친 자신의 지금 모습이 굉장히 추하다고 느껴졌다.

획.

청의사내는 화예지의 마음을 벤 손가락을 접고는 다시 나루터를 향해 걸어갔다.

"다, 당신 이름이 뭐죠?"

청의사내는 갑작스러운 화예지의 말에 다시 걸음을 멈추었다. 그러고는 고개를 숙인다. 꼭 자신의 이름을 기억하지 못하는 것처럼.

이 장소에 있는 모두의 시선과 귀가 그를 향해 있었다. 별것 아닌 행동이었지만 그에게는 모두의 눈을 잡아끄는 묘한 힘이 있었다.

"종…… 지항(宗持抗)……. 아마도……."

종지항. 그 이름 석 자를 남기고 그는 오래지 않아 청청루에서 볼 수 없을 정도로 멀어졌다.

"종…… 지…… 항……!"

여전히 화예지는 그 자리에 멈춰 서서 사내가 사라진 쪽을 바라보고 있었다. 곧, 바닥을 뒹굴던 화산파와 곤륜파의 제자들이 일어나 그녀에게 어떤 말을 건넸지만, 그녀는 묵묵부답 멀리 바라보기만 할 뿐이었다.

사실 그녀뿐 아니라, 여러 사람이 종지항의 등장과 퇴장에 깊은 인상을 받았다.

"……대단한 녀석이군."

그 가운데 한 사람, 청청루 이 층에서 그 모든 걸 지켜보고 있던 을지태가 말했다.

바로 맞은편에서 마찬가지로 그 모든 광경을 지켜본 동광천…… 아니 동봉수도 그에 동의했다.

사실 동광천은, 북원을 떠난 후 더 길게 머리가 자란 동봉수였다.

그는 귀수를 떠나 곧장 대동으로 돌아왔다. 중원으로 나가기 전, 병괴를 만나 봐야 했기 때문이었다. [초보자의 검]을 녹여 만든 물건. 그것을 받아야 했다. 그래서 팔방병고로 찾아갔는데, 그곳에는 이미 병괴가 없었다.

대신 영안이 경고를 할 정도의 또 다른 고수가 있었다. 그가 말했다. 병괴는 지금 무림맹에 있다고.

병괴에게 무슨 속셈이 있는 것인지, 어떤 곡절이 있는지, 아니면 그냥 갑작스러운 일이 생긴 것인지, 동봉수는 몰랐다. 하지만 그는 바로 그 고수, 을지태를 따라나서기로 했다. 중원으로의 첫걸음으로써 정주는 나쁜 선택이 아니라고 판단했던 것이다.

현재 중원 무림의 중심은 누가 뭐라고 해도 정주다.

무림맹의 본단이 정주에 있으니까.

동봉수는 아직 중원에 가서 무엇을, 어떻게 할 것인지 정하지 않았다.

'목장'을 경영하려면 우선 좋은 종자를 찾아야 한다. 좋은 종자는 누가 거저 주지 않는다. 특히, 이 무림이라는 황무지에서는 더더군다나 더.

그는 여러 가지를 생각해 봤다.

어떻게, 어떤 목장을 세울까? 세운 다음에 과연 종자 확보가 될 것인가? 돈은?

그러다가 문득 다른 생각이 들었다.

왜 굳이 새로운 목장을 세워야 하나? 지금 현재 무림에 있는 목장 중에 제일 크고 괜찮은 목장을 인수하는 것은 어떨까? 가만히 있어도 큰돈과 좋은 종자들이 쏟아져 들어오는 그런 목장을…… 말이다.

무림맹, 천마성, 집사전.

현재 이 세 곳이 최고의 목장, 즉, 인재집합소다. 두말할 것도 없다.

그럼 이 세 곳 중 어디로 가야 하나? 또, 인수 방법은?

아직 결정 난 것은 아무것도 없다.

동봉수는 이 중 모든 방향으로 가능성을 열어 놓았다.

취미 생활을 이어 가며 효율적으로 성장해 나갈 수만 있다면 그 어느 쪽도 좋다. 그리고 때마침 무림맹에 가 볼 수 있는 기회가 생겨 이렇게 정주로 향하고 있었다.

그런 동봉수의 앞에 종지항이 나타났다.

을지태의 말마따나 대단한 자다. 대단하다 못해, 이런 생각마저 든다.

'마치 무협영화나 소설 속의 주인공 같다.'

진정 가감 없는, 객관적인 동봉수의 평가다.

잠깐 본 종지항은 주위를 들러리로 만드는 흥미로운 기운을 가진, 신비로운 자였다.

"정주에 도착하기도 전에 붕과 용 하나씩과 문제를 일으키다니. 역시 태천강검주라고 해야 하는 건가."

을지태가 말하는 용은 곤륜백룡 우심기일 테고, 봉은…… 저 화예지라는 여자를 말함이리라.

"……."

동봉수가 보기에 을지태는 종지항에 대해 어느 정도 아는 것 같았다. 그리고 그 눈에 흐르는 '태천강검주'에 대한 기대감 또한 읽을 수 있었다.

꼭 영화의 관객이나 소설의 독자들이 주인공의 활약을 바라는 듯한 그런 눈빛.

동봉수는 잠시 멍하니 있었다.

그 순간, 주변의 정경이 모두 정지된 듯 그의 눈에 빨려 들어온다. 을지태, 화예지, 우심기 그 외 기타 등등. 모두들 다른 감정을 표출하고 있지만, 하나같이 종지항에 대해 느끼고 생각하고 있었다. 좋든 싫든 말이다.

어떤 방식으로든 종지항이라는 젊은 영웅의 등장이 파란을 일으키고 있다고 해야 할까?

그러다 시간이 다시 흐르고, 동봉수의 생각이 이상한 곳으로 튀었다.

태천강검주와 태천강검.

종지항과 그가 든 검.

그리고.

갑자기 든 생각.

영화나 소설에서 갑자기 주인공이 죽으면 어떻게 될까?

그것 또한 재미있는 한 편의 영화나 소설이 되지 않을까?

꼭 주인공만 주인공 하라는 법이 있나? 갑자기 뛰어나온 엑스트라가 주연으로 투입되는 그림도 멋지지 않은가?

쩝쩝.

을지태가 식사를 시작했다.

동봉수도 젓가락을 들고 고기 한 점을 입에 넣고 씹었다. 육즙이 흘러 입안을 가득 메웠지만 맛을 느끼지 못했다. 느낄 수가 없었다.

돼지고기가 아니라, 진정한 초식동물. 코끼리의 맛이 궁금해졌으니까.

*　　*　　*

종남파(終南派).

구(舊) 구파일방의 일원. 오랫동안 섬서의 패자(覇者).

그러나……

지금은 잊혀진 문파.

종남독검(終南獨劍). 혹은 종남독검(終南毒劍)

혼자 남았다 하여 독검(獨劍). 지독한 검을 가졌다 하여 또 독검(毒劍).

그러나…….

역시나 잊힌 이름.

실로 수십 년 만이다. 무겁게 쌓인 먼지를 떨쳐 내고 태천강검이 그 내밀한 속살을 드러낸 것은.

종남의 마지막이자 상징적인 검. 독검의 검.

종지항은 아까처럼 태천강검을 왼손에 쥔 채 황하를 내려다보고 있었다. 아름다운 모습은 아니었지만, 남성다움이 은연중 묻어 나온다. 황하든, 종지항이든.

쏴아아—

배는 동으로, 동으로 간다. 정주가 멀지 않았다.

강호에 출도하자마자 일이 벌어졌다. 하나, 후회는 없다.

사부께서 말씀하셨다.

"함부로 검을 뽑지 마라. 그러나, 뽑았으면 옴팡지게 다뤄라. 산천초목이 벌벌 떨고, 온 무림인이 바지에 오줌을 지리도록."

그는 뽑았고, 거칠게 다뤘다. 온 산하가 덜덜 떨지는

아직 알 수 없었지만, 최소한 한 명의 바지에 오줌을 지리게는 했다.

곤륜파라면 그도 사부에게 익히 들어 알고 있었다.

겉멋이 잔뜩 든, 허세 가득한 검파.

스승의 평이다. 직접 상대해 본 종지항 또한 다른 평정을 내리기는 어려웠다.

여자들 분 냄새나 풍기는 유약한 검.

곤륜의 뒤를 따라 나온 화산파에 대한 스승의 평이다. 하지만 이번에는 생각이 좀 달랐다. 분내가 나지만, 유약하지만은 않다고 느꼈다. 아주 잠깐이지만 경지에 이른 화산의 매화검을 보고 싶다는 생각이 들었으니까.

사실 그가 아까 그들과 시비가 붙은 이유도 그 때문이었다.

그 여자에게서 매화향이 물씬 풍겨 나왔다. 가만히 있는데 풍겨 나오는 그 향이 신비해서 그녀를 몇 번 쳐다본 것이 화근이 된 것이다. 물론 보다 근본적인 문제는 상대의 과민반응이었지만.

종지항은 좀 전에 있었던 일을 잠시 복기해 보고는 이내 기억에서 지웠다. 검사로서 해야 할 일이 끝났으면 더 생각할 필요는 없다. 그의 스승이 늘 하던 얘기다.

그도 동감했다. 싸움은 끝났고, 새로운 싸움이 이다음에 기다리고 있을 것이다. 그걸로 이 싸움의 의미는 소멸했다.

쏴아아아—

종지항은 홀로 무료히 서 있었다. 물살이 갈라지는 모습이 가장 잘 보이는 곳, 뱃전에서.

[물살을 가르듯, 천하를 갈라라.]

물살을 본 적도 없었거니와, 천하는 말할 필요조차 없다. 평생을 종남에서 지냈으니 그에게 천하란 종남이었다. 최소한 그 말을 들었을, 그 당시까지는 말이다.

종지항은 그러마고 대답했었다. 사부의 유훈에 토를 달 수는 없는 노릇이었으니까.

이제 와서 진짜 거센 물살을 이렇게 가까이에서 대면하니, 왜 사부께서 그런 말씀을 하신 것인지 알 것 같다.

종지항이 오른손을 머리 위로 높이 들었다.

훙—

아무렇지 않은 듯 떨어지는 수도(手刀).

아무 일도 벌어지지 않는다. 배는 여전히 도도하게 물살을 가르며 앞으로, 앞으로 향한다.

하지만 저 물살이 천하이고, 수도가 태천강검이었다면 어땠을까? 종지항은 궁금했다. 미치도록.

그러다가 문득 갈라지는 물살 사이로 아까 청청루 이층에서 그를 내려다보던 두 사내의 얼굴이 떠올랐다.

한 명은 고수였다. 언뜻 보기에도 태천강검이 찌르르

하게 반응할 정도로 뛰어난 그런, 고수.

다른 사내는…….

'음.'

기억이 나지 않는다. 왜인지는 모르겠다.

종지항은 금세 그에 대해 신경을 껐다. 그의 관심은 강한 쪽이었다. 태천강검이 신호를 보내지 않을 정도의 약자에는 관심이 없었다.

'이길 수 있을까?'

그가 다시 우수를 높이 들었다가 아래로 그어 내렸다.

상상 속의 상대가 검을 뽑아 그의 우수를 막는다.

그렇게 시작된 상상 대전은 한참이나 이어졌고, 기억이 나지 않는, 다른 자는 더더욱 기억 저 멀리 사라졌다.

그리고…….

그렇게 아주 잊혀졌다.

중요하지도, 그렇다고 강한 것 같지도 않아 보였으니까. 아직까지는…….

*　　*　　*

정주. 하남성의 성도(省都).

하남성이 중주(中州)라고 해서 중원의 중심. 그리고 그 중주의 중심이 바로 이 정주다. 즉, 핵심 중의 핵심. 그러나 정주는 그 지리적 이점을 가지고도 오랫동안 그리 크게 주목받지 못했다.

서(西)로는 낙양(洛陽), 동으로는 개봉(開封)이 있다. 두 곳 모두 교통의 요충지로써 고래(古來)로부터 번창해 왔다. 역대 여러 왕조들이 그 두 곳에 도읍을 세웠다. 그 탓에 정주는 그저 그들 사이에 낀 성도라는 인식이 강했다.

이 단체가 이곳에 자리 잡기 전까지는 말이다.

[平有皇宮 鄭有武盟]
평주(平州)에는 황궁이 있고, 정주에는 무림맹이 있다.

무림맹.
무림의 하늘. 황궁에 비유될 만큼 엄청난 단체.
특히, 지금과 같은 시기에 무림맹의 위세는 그야말로 천하를 뒤덮는다 할 만하다.
그런 무림맹이 있는 정주가 요새 들썩이고 있었다.
북평에 과거(科擧)가 있을 때에나 이 정도로 붐빌까?
하루에도 수백 명씩 젊은 무사들이 정주로 몰려들고 있었다. 온갖 복색과 특이한 억양의 말투가 정주에 난무하고 있었으니, 가히 구주(九州)에서 운집했다 해야겠다.

천하청비무대회(天下靑比武大會).
무림맹에서 열리는 이 대회, 이것이 전국의 청년무사

들의 가슴에 불을 지피고 있었다.

과거시험에 문사들의 입신양명이 달린 것처럼 무사들에게는 이런 비무대회가 자신의 이름을 알릴 최고의 기회인 것이다.

게다가 문사들에게는 삼 년에 한 번씩 열리는 식년시(式年試)가 있지만, 무사들에게 이런 기회는 평생에 한 번 올까 말까 한 일. 정기시험과 비정기 시험은 그 가치에서 천양지차. 그 때문에 더욱더 젊은 무사들이 이것에 목숨을 걸고 달려들 수밖에.

또, 거기에 더해 단순한 구경꾼들도 정주로 몰려들고 있었다. 이런 대규모 비무대회는 굉장한 볼거리다. 무사들에게 뿐 아니라, 시인묵객(詩人墨客)들에게도 평생 술안줏거리로 삼을 수 있을 만한 대단한 일인 것이다.

혹, 이번 비무대회에서 탄생하는 영웅이 후일 천하제일인이라도 된다면 무림의 역사에 길이 남을 일이 아닌가.

오늘도 정주의 동서남북 모든 통로를 통해, 사람들이 몰려오고 있었다.

하수거나, 고수거나, 협사이거나, 악한이거나,

혹은······.

또 다른, 어떤 무엇이거나······.

＊　　＊　　＊

무림맹. 강호의 심장. 그리고 남북으로 삼백여 장이나 뻗어 있고, 동서의 폭이 무려 이백 장이 넘는 방대한 장원.

이는 정주 안에 존재하는 또 하나의 성도이다.

정주의 남북을 관통하는 관도(官途)를, 남쪽으로 한참을 따라 내려가다 보면 청신산(淸晨山)이 보이는데, 무림맹은 이 청신산을 등지고 장엄하게 정주 시내를 굽어보고 있다.

정주로 수많은 사람들이 몰려들고 있지만, 모든 이들이 무림맹 안으로 입장할 수 있는 것은 아니었다. 아직 비무대회가 개시된 것이 아니었기에 무림맹에서 배부된 정식 배첩을 받은 이들만이 무림맹의 정문인 무화문(武和門)을 넘어 맹으로 들어갈 수 있었다.

그리고 무화문을 넘었다 해서 무림맹 안을 마음대로 돌아다닐 수 있는 것도 아니었다. 빈객들은 기본적으로 지빈각(知賓閣)에 그 명성에 따라 방을 배정받으며, 역시 그 평판이나 배분에 따라 그 활동 범위가 정해진다. 대다수의 객은 지빈각 밖인 외당으로 그 활동 영역이 제한되고, 아주 소수의 특별한 손님들만이 내당에 들어갈 수 있었다.

무림맹의 중심이 되는 궁, 전, 각들은 모두 내당 안에 있으니 사실은 이 내당 안이 진짜 무림맹이라 할 수 있었다. 즉, 내당 안을 마음껏 출입할 수 있는 인물은 진정한 무림의 명사라 할 만했다.

하나, 어느 커다란 단체나 그렇듯, 무림맹에도 철저하게 출입이 엄금된 곳도 있었다. 누구인지를 막론하고서 말이다. 설사 각 대문파의 장문인(掌門人)이나 대세가의 가주들이라고 해도 함부로 접근할 수 없는, 그런 곳.

천통전(天通殿). 곧 무림맹주의 거처.

현 정파무림의 모든 권력이 바로 이곳에서 나오고, 중원의 온갖 무(武)와 재(才)가 이곳으로 흘러든다. 그러므로, 강호의 하늘이 되기 위한 자, 누구나 이곳을 넘거나 이곳의 주인이 되어야만 할 것이다.

이 위압적인 건물은 그 외관만큼이나 위험하고 무시무시한 장소다. 무림맹주의 명령 하나면 천하에 존재하는 각가지 진이 발동해 절륜(絶倫)한 고수라도 빠져나갈 수 없게 된다.

그래서 사람들은 이곳을 다른 말로 철혈의 요새라고도 부른다. 어떤 면에서는 황제의 거소(居所)보다도 더 침입하기 어려운 곳이 바로 이곳일지도 모르니까.

그런데.

지금 그 철혈의 요새 안에, 진의 방해도, 천통전을 철통같이 방호하는 무사들의 훼방도 없이 입장한 사람이 있었다.

이곳의 누구도 그를 만난 적은 없었지만, 아무도 그가 천통전 안으로 들어오는 걸 막지 않았다. 무림맹주인 현천진인의 언질이 있었기 때문이었다.

무림맹주의 집무실.

천통전의 화려한 외관과 어울리지 않게, 탁자와 침상 하나만이 놓여 있고 다향(茶香)만이 그득한 방. 아마도 주인의 소탈한 성격을 보여 주는 듯.

지금 그 가운데 있는 각탁(角卓)에 두 명이 마주 앉아 있었다.

후릅.

현천진인이 가볍게 찻잔을 들어 입에 갖다 대었다. 그 모습이 지극히 은은하고 부드럽다. 그 때문인지 그의 신선과 같은 탈속한 분위기가 더욱 도드라졌다. 흰 눈보다도 더 하얀 수염에 찻물이 닿을 법도 하건만, 그의 수염에는 조금의 물기도 묻어나지 않았다.

그는 천천히 찻잔을 탁자 위에 내리며 앞에 앉아 있는 '불청객 아닌 불청객'을 바라봤다.

청년.

허름하다 못해 지저분한, 그럼에도 묵직한 기운이 풍겨 나와 이 방 안을 조용히 채우는 이.

우내이십대고수의 기도가 저 정도나 될까? 확신하기 어려웠다. 무림맹주라고 해서 강호에 존재하는 모든 고수들을 만나 볼 수는 없는 노릇.

그렇지만 한 가지 확실한 것은…….

이신삼괴오고십대의 누구도 지금 그의 맞은편에 앉아 있는, 저 허름한 청년과 같은 나이 때에는 저만한 존재감을 보이지 못했으리라.

현천진인은 찻잔을 다시 들어 또 한 번 입술을 적시고는 처음으로 입술을 떼었다.

"상합허도(上合虛道). 도우(道友)의 기도에 천통전이 날아갈 듯하이."

나직하게 도호를 읊조리는 현천진인의 목소리가 그 모습에 어울리게 매우 은은했다.

"……."

달칵.

청년은 말없이 찻잔을 들어 이리저리 매만지다가 그대로 제자리에 다시 내렸다. 평생 차라는 것을 입에 대 본 적이 없어서였을까? 어쩌면 그에게 차란 그저 조금 냄새나는 물일 따름일지도.

"빈도는 현천이라는 교자불민(驕恣不敏)한 도호를 쓰는 이네."

그 모습을 유심히 보던 현천진인이 다시 말했다. 그에 비로소 청년이 입을 연다.

"종…… 지항…… 이오……. 아마도……."

청년은 종지항이었다.

종지항의 말투는 어눌할 뿐 아니라, 그 말의 격식 또한 투박하기 이를 데 없었다.

게다가 아마도라니? 자기 이름도 정확히 모른단 말인가? 아니면 정말 그렇단 말인가?

어느 쪽이든 작금 무렵에, 현천진인에게 저런 식으로 말을 할 수 있는 이가 누가 있겠는가?

현천진인은 그에 오히려 허허롭게 웃으며 말한다.

"허허. 아마도라는 말을 들으니 독검의 제자가 맞는 듯하이."

"……."

"그도 수십 년 전에 그랬었던 것 같으이. 본인의 이름도 기억하지 못해 그렇게 말했었지. 아마도……."

종지항은 여전히 대꾸 없이 현천진인을 똑바로 바라볼 뿐이었다. 현천진인은 차를 한 모금 더 마시고는 말을 이었다.

"한데, 왜 혼자 오셨는가?"

현천진인의 말에 종지항이 좌수에 쥔 태천강검을 더욱 꽉 움켜쥐었다. 그러고는 묵직한 목소리로 답을 했다.

"가셨소. 스승께선……."

돌아가셨다는 표현이 생각나지 않았던 것일까. 종지항의 단어 선택은 일반 사람들과 많이 달랐다.

하나, 그걸로 충분했다. 현천진인이 이해하기에는.

"상합허도. 그렇구먼……. 하기야 독검이나 빈도(貧

道)나 이제는 뿌리로 돌아갈 때가 다 되었으이."

현천진인이 안타까운 듯 다시 도호를 외운다. 하지만 정말 뭐가 안타까운지는 알 듯 말 듯 애매했다. 그가 죽어서 안타까운지, 아니면 천마성에 대항할 고수 한 명이 사라져서 아쉬운 것인지.

종지항과 현천진인의 눈이 허공에서 가볍게 얽힌다. 현천진인은 그제야 상대의 눈이 아주 맑다는 것을 알아챘다. 맑디맑아 그 깊이를 알 수 없는 천년호(千年湖)처럼 종지항의 눈은 투명했다. 그에 현천진인의 백미가 살짝 꿈틀거렸다.

"그대는 빈도가 왜 선사(先師)를 이곳으로 부른 것인지 아시는가?"

종지항은 이번에도 대꾸없이 그저 현천진인의 답을 기다렸다. 어차피 답을 바라고 질문한 것이 아님을 그도 잘 알고 있었음에다.

현천진인은 그것이 종남의 내력이라고 생각했다. 예전에 만났었던, 흐릿한 기억 속의 독검 또한 저리도 말이 없었다. 아니, 필요치 않았다고 하는 게 더 맞을 테지. 그의 모든 것을 이었다면 당연히 저리되는 것을……

"종남의 봉문(封門)을 풀어 주기 위해 불렀으이. 하기야 봉문이 해제되었으니 그대가 이곳에 앉아 있을 수 있었겠지만……"

정확히는 현천진인이 무림첩을 발송한 순간 종남의 봉

문이 풀린 것이었다. 그가 무림첩을 종남산에까지 보낸 이유는 여러 가지가 있었고, 그 이유 중에는 종남독검을 무림맹으로 불러들이는 것이 가장 컸다.

종지항은 그 계획에 전혀 해당 사항이 없었다. 그래서 그가 '불청객 아닌 불청객'이었다. 직접 청하지 않았으니 불청객, 하지만 청한 사람을 대신해 왔으니 또한 불청객이 아니었다.

현천진인은 아직 종지항에 대해 어떠한 결론도 내릴 수 없었다. 그의 투명한 눈은 어떠한 정보도 제대로 알려주지 않고 있었으니…….

그때, 가만히 앉아 있던 종지항이 입을 열었다.

"봉문…… 된 적…… 없소……. 종남…… 은 그저 스스로…… 은인자중(隱忍自重)하고 있었을 뿐……."

"……!"

매우 광오한 말이다. 그것도 봉문을 한 당사자인 무림맹의 현 맹주가 직접 해봉(解封)하는 자리에서 할 말은 더더욱 아니었다. 현천진인의 백미가 다시 한 번 가볍게 꿈틀거렸다. 하지만 이내 그 흔들림은 사라졌다. 현천진인은 손을 들어 가슴까지 내려온 백염을 부드럽게 쓰다듬으며 말했다.

"그렇다면 그대가 굳이 무림맹으로 찾아올 이유도 없었지 않으이?"

"유훈…… 이었소. 스승의……."

독검의 유훈을 받들기 위해 무림맹으로 왔다……. 그
것도 독검의 제자가…….

기실 현천진인은 독검, 즉 종남독검에게 배첩을 발송
하면서도 별 기대는 하지 않았다. 이미 검을 잊은 자요,
오래전 무림에서 잊혀진 자요, 그리고 모든 은원이 봉해
진 자였기에.

현천진인은 이제는 바닥을 보여 더는 마실 것도 없는
찻잔에 입술을 대고는 다시 말을 이었다.

"앞으로 무엇을 하려고 하는가?"

독검의 유지가 무엇인지를 묻는 것이었다. 그가 아는
독검이라면 단순히 제자를 무림맹에 보내는 걸로 끝맺음
을 할 사람이 아니었으니.

맹주 체통에 직접적으로 물을 수 없으니, 이런 식으로
라도 돌려서 묻는 것이었다.

"……."

종지항의 투명한 눈에 아주 잠깐이지만 기광이 번뜩였
다.

그는 이 질문을 기다리고 있었던 것인가? 현천진인은
어쩌면 독검의 유훈에 자신의 이 질문이 포함되어 있는
것일지도 모른다고 느꼈다.

"……다시 갈…… 것이오. 스승께서…… 가셨던……
길을……."

"……!"

탁.

그것이었나……? 독검의 유훈이?

종남의 봉문을 해제하면서 생각해 보지 않은 바는 아니었다. 그럼에도 무림맹주로서 그런 결정을 하게 된 것은 무림에 절대고수 한 명의 등장이 더 필요하다 판단했었기 때문이었다.

현천진인은 소리 나게 찻잔을 탁자 위에 내려놓고는 가만히 종지항의 눈을 바라봤다. 이미 그 눈에는 기광이 사라지고 없었다. 다만 너무도 깊고 맑을 뿐.

현천진인은 이내 그 속내를 읽는 것을 포기하고는, 깊게 탄식했다.

"허…… 많은 원한이 쌓일 것이네. 그대 스승이 그랬던 것처럼."

종지항은 태천강검을 한 번 쓰다듬고는 말했다.

"스승께서는…… 이렇게 말씀…… 하셨소……."

"……."

"검을…… 함부로…… 뽑았었다고……. 옴팡지게 다루지도…… 못했었다고……. 그러고서도……."

앞뒤가 엉망인 말이었지만 현천진인은 그 내용을 능히 이해할 수 있었다. 그리고 언젠가 독검에게서 들었던 말이 떠올랐다.

"휘두르지 않을 거면 무엇하러 힘들게 검을 배우는 것인가?

배웠으면 옴팡지게 쓸어야지. 하하하하!"

아주 잠깐 회상에 빠졌던 현천진인의 귀에 종지항의 묵직한 음성이 계속 들려왔다.

"그래서…… 독검(獨劍, 毒劍)이…… 되었다고……."

"그와 같은 길을 가면 그대도 제이의 독검이 될 뿐이네."

"않을…… 것이오……. 그렇지……."

"……."

"함부로…… 검을…… 뽑지도 않을 거니와…… 뽑았다면…… 옴팡지게…… 휘두를 것이며…… 그리하면…… 산천초목이…… 덜덜 떨고, 온 무림인이…… 바지에 오줌을 지릴 테니……."

"……그것이 독검의 유훈인가?"

현천진인의 무거운 질문에 종지항은 고개를 가로저었다.

진짜 유훈은 따로 있었던 것이다. 아마 그것을 말하기 위해, 자신의 사후에라도 제자를 무림맹에 보낸 것이리라. 현천진인은 그렇게 생각했다.

종지항이 자리에서 일어났다. 그의 왼손에 쥐어진 태천강검이 거칠게 흔들거리고 있었다. 마치 예전의 독검이 그랬던 것처럼. 아니, 그보다 훨씬 더 투박하게.

"되라 하셨소……. 신검(新劍, 神劍)이……."

"……!"

신기(神技)에 이른 검으로 강호의 역사를 새롭게(新) 쓰라는 뜻일까……? 아마도 그럴 것이다. 그가 아는 독검이라면 충분히 그런 유훈을 남기고도 남을 사람이니까.

그리고…….

결코, 허튼소리를 하지 않는 사람이었다.

'그 말은…… 이 젊은이가…… 그럴 만한 재목이라는 뜻인 것인가?'

그 말을 끝으로 종지항은 몸을 돌려 문 쪽으로 걸어갔다. 할 말을 모두 마쳤으니, 떠나려는 것일 터.

이때 현천진인의 음성이 종지항의 발을 붙잡았다.

"맹과의 맹약은 아직 유효한가?"

우뚝.

종지항이 멈춰 서서는 고개를 숙이며 잠시 생각에 잠겼다. 그 모습에서 현천진인은 그가 맹약에 대해 알고 있다고 확신할 수 있었다. 독검이 죽은 이상 지킬지 말지는 순전히 그의 마음이었지만 말이다.

"그렇…… 소……."

현천진인의 얼굴에 은은한 미소가 번졌다.

독검을 얻지는 못했지만, 신검을 얻었다. 아직 얼마만큼 날카로운지는 보지 못했고, 후일 양날의 검이 될지도 몰랐지만…….

그거야 쓰는 사람에게 달린 문제 아니겠는가.

탁.

종지항이 나갔고 방은 다시 비워졌다. 이제 방에는 빈
찻잔만 쓰다듬는 현천진인이 남아 있을 따름이다.

*　　*　　*

타닥—

다음 배가 정주에 당도했다.

동봉수와 을지태는, 다른 이들이 모두 배에서 내릴 때
까지 기다렸다가 이제야 정주 땅에 그 첫발을 내디뎠다.
저 앞에는 종지항 한 명에게 패배해, 아직까지 침통한 표
정을 짓고 있는 곤륜파와 화산파의 제자들이 차분히 남쪽
으로 걸음을 옮기고 있었다. 무림맹이 있는 쪽이다. 그들
뿐 아니라, 이 배에 타고 있던 사람 대부분이 배에서 내
리자마자 무림맹으로 향하고 있었다.

그리고 반대 방향에서 온 다른 배에서 하선하는 사람
들 또한 거의 전부가 같은 쪽으로 움직이고 있었으
니…… 가히 인해의 물살이 정주에 몰아닥치고 있다 해
도 과언이 아니었다.

"자네는 저들이 왜 저리도 이곳에 몰려드는 것이라 생
각하는가?"

을지태가 가만히 밀고 밀리는 인파(人波)를 바라보다
가 말했다.

그를 아는 누구라도 놀랄 일이다. 파천패도가 이리도 먼저 입을 여는 사람이었던가 하고 말이다. 그것도 만난 지 달포도 되지 않는 자에게.

원래 그는 누가 먼저 말 걸어 주지 않으면 웬만해서는 입을 열지 않기로 유명했다. 동봉수는 그런 그의 입을 자주 먼저 열게 한다. 이상했지만, 썩 나쁜 기분은 아니다.

동봉수는 을지태처럼, 이어지는 사람들의 행렬을 물끄러미 바라보다가 툭 던지듯 말했다.

"태평성대가 아니기에 그렇소."

예상 밖. 너무도 예측을 벗어난 대답이다.

그렇지. 이래서 먼저 입을 열게 되는 것이다. 을지태가 냉막한 얼굴에 한 줄기 미소인지 의혹인지 모를 표정을 띄우며 말했다.

"그게 무슨 말인가?"

"저들이 왜 이곳에 이리도 몰려든 것인지 물으셨소."

"그랬지."

"저들은 영웅이나 큰 협객이 되기 위해 이곳에 모였을 것이오."

그렇다. 이 대답이 정석이고 바로 을지태가 원한 직접적인 답이었다.

그런데 태평성대가 이것과 무슨 상관이란 말인가? 완전히 딴소리가 아닌가?

동봉수의 말이 계속 이어졌다.

"영웅은 태평성대에는 나오지 않소. 태평성대에는 사람들에게 영웅이나 대협객이 필요치 않을뿐더러 그런 게 있는지도 모르오."

"……"

"마치 요순시대에 백성들이 자신들의 임금이 누구인지도 모르듯이 말이오."

난세(亂世). 그리고 그 어지러운 시대의 영웅.

동봉수는 난세의 영웅을 말하고 있었다. 을지태가 생각한 단순한 강호의 협객을 말함이 아니었다. 영웅과 '대' 협객은 그만큼 큰 간극이 있다는 뜻인 것인가?

동봉수의 흥미로운 대답에 을지태는 더더욱 이자에 대해 궁금해진다.

"자네는 어떤가? 자네도 저들과 같은가?"

"……"

동봉수는 을지태의 질문에 잠시 말을 멈추고 생각에 잠겼다.

'특별한 사냥감'이 이곳에 왔을 것이다. 그리고 살면서 처음으로 '기이한 목표'라는 것도 생겼다. 특별하고 기이한 만큼 둘 다 몹시 어려울 것이다. 처음 있는 일이니만큼 도전이라는 말이 어울릴 터.

도전.

생소하지만 어딘지 끌리는 어휘다. 그리고 그는 이미 정주에 왔다.

문득 저쪽 세상에서 많이 듣던 우스갯말 한 마디가 생각난다.

'못 먹어도 고.'

화투판. 이곳의 말로 바꿔보면 투전판. 그런 곳에서나 어울릴 법한 말이었지만…… 딱 맞는다.

그렇다. 앞으로 간다. 언제나 그랬듯이 말이다.

"파도가 치고 있소."

동봉수가 고저 없이 말했다.

을지태가 바라보니 동봉수의 말마따나 사람들의 머리가 이리저리 밀고 밀리며 앞으로 나아가는 것이 꼭 파도처럼 보이기도 했다.

"바다에 이미 몸을 던졌는데 파도를 피할 길이 있겠소?"

"……."

원래의 동봉수였다면, 이런 쓰잘머리 없는 말을 이리도 길고 장황하게 하지 않았을 것이다.

하지만.

이미 난세라는 파도에 거세게 휩쓸렸다면 한 번 영웅이라는 탈을 써 봐도 괜찮지 아니한가. 그리고 지금 을지태가 바라는 탈은 방금 그가 한, 이런 방식으로 말할 것 같았다. 그리고 어떤 면에서는 자신이 정말 하고 싶은 말이기도 했고.

"이미 파도를 맞았다면 조류(潮流)를 타고 육지까지

안전하게 자맥질을 칠 수밖에 없지 않겠소이까?"

동봉수의 대답이 썩 마음에 든 것인지 을지태가 익숙지 않은 웃음을 감추려 헛기침을 하며 말한다.

"험험, 그렇군. 그럼 가세나. 이왕 갈 것이라면 조금이라도 빨리 가는 게 더 낫겠지."

동봉수와 을지태. 둘은 이야기를 마치고 인해장막(人海帳幕) 속에 뛰어들어 무림맹으로 쓸려갔다.

종지항과 동봉수가 사라진 것처럼 그들이 타고 온 배도 곧 떠났다.

뒤이어 또 다른 배 한 척이 반대 방향에서 흘러 들어와 방금 비워진 자리를 메운다. 그 배에는 앞서의 둘과 마찬가지로 다른 선객들이 다 내릴 때까지 기다렸다가 정주 땅에 발을 디디는 사람이 있었다.

중키, 검은 경장, 짧게 자른 머리, 등에 비껴 걸린 검, 그리고 왼쪽 뺨을 가르는 인상적인 자상.

이곳의 다른 무사들과 큰 차이가 없는 행색이다. 볼의 상처만 빼면.

그는 여느 무사들의 하나처럼 무리에 섞여 붐비는 대로를 지나 한참을 남쪽으로 걸어갔다. 바로 동봉수 등이 간 길. 무림맹이 위치한 방향이다.

그도 무림맹을 찾아온 무사들 중 하나일까?

정주의 번화가를 지나 한참을 걸어가자 대궐 같이 큰

장원이 나왔다. 무림맹이다. 당연하게도 그 앞은 사람들로 북적이고 있었다.

배첩을 가지고 온 이들은 무화문을 지나 무림맹으로 입장하고 있었고, 나머지는 처음 본 무림의 태두(泰斗)를 우러러 살피고 있었다.

사내는 후자에 속하는 무리에 섞여 잠깐 어느 한 곳에 서 있었다. 그리고는 금세 몸을 돌려 그곳을 떠났다.

그뿐이었다. 그가 무림맹 바로 앞까지 와서 한 행동은······.

그런데 그가 서 있던 자리에 아주 작은 점 하나가 찍혀 있었다. 얼핏 보면 옆에 굴러다니는 모래알이랑 별 차이가 없어 보였다. 하지만 자세히 들여다보면 움직이지 않는 것이, 분명히 어떤 특정한 모양을 가지고 바닥에 움푹 파여 있었다. 마치 누군가 일부러 그런 모양의 도장을 찍은 것처럼······.

*   *   *

또르르—

여인의 백옥 같은 살결을 타고 물방울이 점점이 흘러내린다. 그녀의 섬섬옥수가 쉴 없이 욕조의 물을 퍼 올려, 신이 깎은 듯 유려한 어깨와 젖가슴을 적셨다.

물방울이 미끄러지듯 젖가슴 가운데 찍힌, 도드라진

상징을 우회하는 모습은 그녀의 순결한 신체에 어울리지
않게 뇌쇄적이었다.

돌기를 지나며 조금은 그 크기가 줄어든 물방울은 젖
가슴 사이의 골짜기를 타고 쉬지 않고 아래로, 아래로 내
려간다. 매끈한 하복부를 지나 드디어 목적지인 작은 연
못에 도달했다.

그런데.

물방울이 스며든 은밀한 그곳에는 물방울만이 볼 수
있는 작은 무늬가 숨어 있었다. 마치 사람의 흐릿한 그림
자를 닮은……

얼마 지나지 않아 여인은 목욕을 마쳤다.

이제 막 떠오른 달이 아쉬운 듯 빛을 보내 그녀의 나신
을 쓰다듬어 보지만 옷을 입는 그녀를 말리지는 못했다.

사락, 사라락.

곧, 그녀의 아름다운 육체는 옷에 대부분 가리어졌다.
물론 그녀의 내밀한 그곳도……

드르륵.

그녀가 욕실 밖으로 나오자 자의경장을 입은 키가 제
법 큰 여무사가 다가왔다. 그녀의 호위무사인 장가흔(張
佳痕)이었다.

원래라면 시비들이 그녀가 목욕을 끝마치기를 기다리
고 있어야 하건만……

그녀는 금세 장가흔에게서 특별한 전갈이 있음을 눈치챘다.

"무슨 일인가요?"

"아가씨. 본에서 구름이 왔습니다."

"……누가 왔죠?"

여인의 음성이 더욱 부드러워졌고, 또한 한층 낮아졌다. 벽에 혹시라도 있을지 모를 귀가 듣지 못하도록 말이다.

"아직 확인하지 못했습니다."

"장소는요?"

"일지(一地)입니다."

"일지?! 지금 일지라 했나요?"

"네, 아가씨. 그리고……."

여인은 이미 제법 놀라고 있었지만, 아직 전할 이야기가 더 있는 듯 장가흔이 말을 계속 이어갔다.

"그리고?"

"오늘 정체가 파악되지 않은 두 명이 맹으로 더 들어왔습니다."

"두 명이나? 맹주가 직접 배첩을 보낸 자들인가요?"

"하나는 그런 듯하온데, 다른 하나는 아닌 것 같습니다."

"설명해 봐요."

"한 명은 오자마자 천통전으로 가 맹주와 독대를 하고

있고, 다른 한 명은…… 최근 행방이 묘연했던 파천패도
와 함께 지빈각으로 향했다 합니다."

"한 명은 맹주와 독대? 그리고 다른 한 명은 파천패도
와 함께 나타나 지빈각으로 향해?"

"네, 아가씨."

장가흔의 대답을 들은 여인의 얼굴에 기묘한 미소가
어린다.

"……구름이 갑자기 나타나고, 두 개의 변수가 더 생
겼군요. 호호, 좋군요. 좋아요."

"……."

"천하청비무대회가 영 시시하면 어쩔까 걱정했었는데,
제 기우였나 봐요. 이번 비무대회 의외로 재미있겠어요."

어쩌면 아주, 아주 많이…….

"……언제 만나러 가실 겁니까?"

누구를…… 이라는 말은 굳이 붙일 필요가 없었다. 순
서의 문제일 따름. 어차피 셋 다 만나게 될 테니까.

"지금 마중 나가야지요."

"네, 아가씨."

여인은 욕실을 벗어나 천천히 무화문 쪽으로 걸어갔다.

마중이라는 단어의 선택. 그리고 무화문.

그걸로 여인이 셋 중 첫 번째로 만날 대상이 결정되었
다.

　　　　　*　　*　　*

　사내는 '일지'에서 여인을 기다리고 있었다.

　팔짱을 낀 채 눈을 감고 있는 그 모습이 어찌 보면 죽은 듯 보일 정도로 움직임이 없었다.

　일지.

　이곳은 오래전부터 있어 왔던 곳이지만, 아는 이는 극히 드물었고, 그마저도 대부분 죽어 없어졌다. 이제 이 비처(秘處)에 대해 아는 사람은 수십에 불과했고, 그나마 입장이 가능한 사람은 더더욱 적었다.

　사내가 이곳에 있다는 것은 그 또한 그중 한 명이라는 뜻.

　반경이 삼십 장이나 될까?

　일지 내부 공간 전체가, 사내의 꿈틀거리는 뺨의 상처처럼 살아 일렁이고 있었다.

　나무가, 돌이, 땅이, 모래가, 그리고 하늘이, 그를 둘러싼 모든 것들이 마치 사막의 신기루처럼 이지러져 있었다. 이 신비로운 공간에서 그 형태를 온전히 유지하고 있는 것은 오직 그 혼자뿐.

　우우웅─

　그러던 어느 순간 사내의 정면 어느 한쪽에 괴이한 소리와 함께 작은 구멍이 뚫렸다.

　타박.

구멍을 통해 작은 발 한쪽이 공간 안쪽으로 들어왔다. 구멍은 점점 커졌고 자연스레 발 주인의 전신이 드러났다.

이 괴이한 공간, 일지에 발을 들인 또 다른 사람.

바로 얼마 전 무화문을 나선, 여인이었다.

"왔군."

사내의 음성은 모래 한 움큼을 입에 물고 이야기하는 것마냥 거칠었다.

"……."

여인은 그 음성으로 사내의 정체를 기억해 낼 수 있었다. 사내의 모습이 자신이 기억하는 것과 아주 많이 달라졌지만, 사람의 마음을 긁어내리는 듯한 저 탁음(濁音)만은 그대로였다.

"광운, 당신이었군요."

광운. 여인은 사내를 그렇게 불렀다.

사내, 광운은 그 목소리만큼이나 거칠고 정제되지 않은 눈으로 여인을 바라보며 말했다.

"병괴가 무림맹으로 왔다."

"……."

광운은 인사치레 한 마디 없이 바로 본론을 꺼냈다. 하지만 여인은 아랑곳하지 않았다. 광운이 원래 그런 사람이라는 것을 너무도 잘 알고 있었기 때문이었다.

그것보다도 병괴가 무림맹에 나타났다는 사실이 중요

했다.

남궁세가를 도모할 때에 있었던 '삼성광(三聖光) 사건'.

그 후 비운, 회영, 수영이 혹시나 살아 있을지 모를, 삼성광의 당사자를 찾아 절벽 아래로 내려갔지만……

찾는 데에 실패했다.

결국, 그들 셋을 비롯한 많은 구름들과 그림자들이 삼괴의 행적을 좇는 데에 주력하게 되었다. 아마 이제야 그 노력의 결실을 맺은 것일 터.

"어디 있는가?"

주어는 병괴다. 물어보지 않아도 쉬이 짐작할 수 있는 것.

"글쎄요. 최근 그 정체가 모호한 인간들이 여럿 무림맹에 들어와서, 나도 누가 누구인지 다 알 수가 없네요."

오늘도 거기에 둘이나 추가되었다. 하지만 여인은 굳이 그걸 말하지는 않았다.

"죽고 싶은가?"

글쎄라는 단어 하나를 말한 것이 무슨 큰 죽을죄라도 되는 것일까? 광운의 두 눈에서 시꺼먼 살광이 폭사되었다.

하지만 눈빛만으로도 평범한 사람을 죽일 수 있을 것 같은 패도적인 광운의 기운을 받고도, 여인은 도리어 크게 웃었다. 게다가……

"하하하. 그래, 그래야 광운답지."

음성이 바뀌었다. 부드럽고 가늘던 목소리가 굵고 남자다운…… 아니, 아예 남자 음성이 되었다.

그에 광운의 몸에서 조금 전보다 훨씬 강렬한 살기가 줄기줄기 뿜어져 나왔다.

일지 내부가 순식간에 질식할 듯 가라앉았다.

"내 검은 여러 말을 하지 않는다. 변영."

변영. 광운은 여인을 그리 칭했다.

여인, 변영은 손이 근질근질한지 주먹을 쥐었다 폈다 하다가 입을 열었다. 그녀, 아니, 그는 원래 모험과 싸움을 좋아한다. 하지만 그건 확실성이 보장될 때에나 그런 것이다. 그가 아는 한 본(本) 내에서 검으로 저 '미친 구름'을 이길 자는 몇 되지 않았다. 그게 십여 년 전에도 그랬으니, 지금은 더욱 큰 차이가 벌어졌을 테지.

"호호…… 하하. 나도 진짜 모르네. 자네도 알다시피 요즘 하루가 멀다 하고 인간들이 무림맹 안으로 밀려들어와서 말이지."

거짓이 아니었다. 천하청비무대회 때문에 최근 정말 많은 사람들이 무림맹으로 밀어닥쳤다. 그중 대부분의 신원은 파악되었지만, 아주 극소수의 정체는 아직 알아내지 못했다. 심지어 무화문을 거치지 않고, 무림맹에 몰래 들어와 있는 자들도 몇 있었다. 천마성에서 심은 세작인지, 아니면 무림맹주가 몰래 끌어들인 인물인지 전혀 알 수 없는…… 그런 인물들 말이다. 어쩌면…… 무본이 비밀리에 운영하는 '그림자'들도 포함되어 있을지도…….

게다가 더욱 재미난 것은, 현천진인이 그 사실을 상당 부분 알고 있다는 것이었다. 그럼에도 가만히 놔두고 있었으니, 뭔가 꿍꿍이가 있을 것이다.

'병괴도 그중 하나일 테지.'

변영은 병괴가 무림맹 안으로 들어왔다는 사실 또한 진짜로 몰랐다. 아마 광운에게 듣지 못했다면 상당히 오랫동안 그 존재를 몰랐거나, 파악할 수 없었을 것이다.

광운은 잠시 더 변영의 눈을 노려보다가 다시 입을 열었다.

"너를 믿겠다. 단, 거짓이라면……."

"이라면?"

"죽이겠다."

"하하하, 호호. 기대되는군, 그래."

변영의 이 말 또한 거짓이 아니었다. 비록 광운에게 이길 수 없을 것 같지만, 또한 이길 것 같기도 했다.

무림에 독보(獨步)는 없다. 고작 본 내에서 썩어 가던 검을 이제야 이 거친 무림에서 꺼낸 광운에게 당할 것 같지는 않았다. 무림은 무공의 고하만으로 승부를 장담할 수 있는 곳은 아니었기에…….

이길 수 없다면, 이길 수 있게 만들고 난 다음에 싸우면 그만이다. 그래서 기대가 된다. 혹시나 있을지도 모를 광운과의 싸움이…….

변영은 다시 한 번 여자인지 남자인지 모를 기괴한 웃음을 토해 냈다.

"하하호호."

광운은 더 이상의 대화는 필요 없는지 변영을 스쳐 지나 그가 열어 놓은 구멍으로 걸음을 옮겼다. 그러면서 말했다.

"이제부터 이곳에 있는 외영(外影)들의 통제권은 내가 갖는다."

"그러시든지요."

어느새 여인의 음성을 회복한 변영이 상큼하게 웃으며 대답했다. 어차피 무본의 명을 받고 내려온 광운의 말이 지금 이곳에서는 법이었다. 물론, 진짜 이 정주에서의 실권자는 여전히 자신이 되겠지만.

하지만 그래도 궁금한 것은 있었다.

과연 병괴를 잡기 위해 광운이 무엇을 할 것인지.

"앞으로 어떻게 할 예정인지요?"

변영의 말에 광운이 구멍 바로 앞에서 멈춰 섰다. 일렁이는 벽면 탓에 그도 움직이는 것처럼 보였지만, 분명히 멈춰 서 있었다.

"대회에 참가한다."

그 말을 끝으로 광운이 일지에서 완전히 모습을 감췄다.

"대회에 참가한다? 천하청비무대회?"

누가?

"저 광운이? 직접 말인가? 하…… 하하하하하하! 좋다, 좋아. 호호호호호!"

무엇이 재미있는지 변영이 미친 듯이 웃어 젖혔다.

그 후에도 변영의 여자인지 남자인지 알 수 없는 기괴한 웃음이 오랫동안 일지 안에 울려 퍼졌다. 물론 아무도 들을 수는 없었지만.

第十八章

운집(雲集)

絶世狂人

계절 가운데 가장 잔인하고 가장 아름다운 봄이 올 것이다. 그리고 땅에 묻힌 나그네들은 꽃과 잎사귀들 속에 스며든 채 다시 올 것이다.

— 토마스 울프(Thomas Clayton Wolfe), 미국 작가

*   *   *

불야성(不夜城).

봄이 되면 어느 도시나 마찬가지겠지만, 이곳 정주도 밤이 사라진다. 겨우내 움츠러들었던 모든 이들이 한꺼번에 밖으로 뛰쳐나와 밤낮없이 거리를 활보한다.

정주는 그러한 천하의 도시들 중에서도, 현재 가장 밝고 가장 붐비는 곳이리라. 왜냐하면, 비단 정주 내의 사람들뿐만 아니라, 구주에 있는 강호의 젊은 인재들이 자신들의 무명(武名)을 떨치기 위해 구름같이 모여들고 있기 때문이었다.

너무 많이 몰려든 사람들 탓에 객잔이나 반점은 이미 포화된 지 오래. 주점은 말할 것도 없다. 조금은 쌀쌀한 듯한 봄바람을 피할 수 있는 곳이라면 어느 곳이나 만원.

그럼에도 사람들은 계속해서 꾸역꾸역 몰려들고 있었다.

그렇다면 잘 곳을 구하지 못한 나머지 사람들은 어디로 갈 것인가? 어쨌든, 지금 정주를 불이 꺼지지 않는 도시로 만들고 있는 천하청비무대회가 열리는 날까지는 버텨야 할 것이 아닌가?

몇몇은 웃돈을 주고 민가에 잠시 몸을 맡기고, 또 몇몇은 청루나 홍루에서 여자들의 살 냄새, 분 냄새를 맡으며 밤이슬을 피한다.

그러고도 남는 사람들은?

노숙. 역시 최후의 수단은 길바닥이다.

이곳저곳 아무 곳에나 퍼질러 자빠지면 그곳이 바로 잠자리. 그래도 봄인지라, 얼어 죽을 정도로 춥지는 않았다.

무림의 무사들이다. 풍진강호(風塵江湖)에서 길바닥의 바람과 먼지가 대수랴.

　하지만 그건 노숙을 하는 노숙인들의 생각이고, 실상은 달랐다. 밤이 되어서 길바닥을 놓고 노숙 강호인들 사이에서 자리 다툼을 벌이는 일이 심심찮게 벌어지고 있었다. 원래라면 이런 이들은 모두 관아(官衙)로 끌려가야 맞겠지만, 지금은 특별한 기간이다. 그리고 이 노숙인들 대부분이 무림인이었으니, 관으로서는 손쓰기 어려웠다.

　이에 엉망이 된 정주의 치안을, 무림맹이 이 야심한 시각에도 무사들을 풀어 다잡고 있었다. 물론, 완전히 해결하기에는 아무리 무림맹이라 해도 역부족이었지만.

　게다가 무림첩을 받고 온, 무림맹의 빈객들 중 일부도 이 한밤의 혼란한 정주 성내에 밤 나들이를 나서고 있었으니…….

　그야말로 불야혼성(不夜混城)이라…….

　그리고.

　그런 혼란한 정주성에서, 심심파적을 위한 나들이객들 중에는 동봉수, 그도 끼어 있었다. 물론, 그의 목적이 여타 나들이객들과 판이한 것은 말할 필요조차 없으리라.

＊　　＊　　＊

　한 시진 전.

을지태는 일단 동봉수를 지빈각에 안내하고는 홀로 천통전으로 향했다. 엄밀히 따져, 동봉수는 맹의 손이 아닌 병괴의 개인 손님이었다.

　둘이 무화문을 통과해 무림맹에 들어왔을 때에는 이미 날이 저물었기에 외지인의 천통전 출입은 엄금(嚴禁)되었다. 비록 을지태가 강호보위단(江湖保衛團)의 단주라 하나 동봉수를 천통전 안으로 데리고 들어갈 수는 없었다.

　결국, 내일 날이 밝은 후 병괴를 만나러 가기로 하고 을지태는 홀로 내당으로 들어갔다.

　그 후, 동봉수는 잠시 지빈각을 나와 무림맹의 외당을 산책했다. 을지태가 주고 간 임시명패와 출입증이 있어, 누구도 그의 행보를 막지 않았다.

　그는 무림맹의 외당 구석구석을 누볐고, 보보(步步)마다 만나는 인물 하나하나까지 모두 머릿속에 담았다.

　이 모든 행위는 일종의 '맵 탐사'인 것.

　대부분의 게이머들은 처음 간 미지의 던전(Dungeon)이나 사냥터에서 가장 처음으로 하는 행동이 바로 이것이다.

　동봉수는 비록 게임의 전문가는 아니었지만, 본능적으로 숙달된 게이머처럼 행동하고 있었다. 사실 게임과 마찬가지로 사냥의 기본도 우선, 사냥감들이 서식하고 있는 주변 지리에 익숙해지는 것이었으니까, 어찌 보면 둘은 닮은 구석이 많이 있었다.

그리고 무엇보다도.

그에게는 이 자체가 게임이었다.

신무림 온라인.

이제는 그의 영혼에 새겨진 또 하나의 세상이자 사냥터, 그리고 목표.

이곳, 정주는.

신무림 온라인의 새로운 '사냥 필드'에 다름 아니었다.

동봉수 말고도 그처럼 자유롭게 맹 안을 산책하는 사람들이 꽤 있었다. 개중에는 무화문 밖, 정주 성의 번화가로 나가는 이들도 일부 있었다. 그는 무림맹의 외당 탐사가 어느 정도 완료되자 그들에 섞여 자연스레 맹 밖으로 따라나섰다.

그의 왼쪽 가슴 옷섶에 꽂힌—을지태가 달아 주고 간— 명패가 있어 무림맹의 내당만 아니라면 어디든 출입이 가능했다. 일종의 통행권(通行券)인 셈.

맵 탐사는 단순히 던전에만 국한된 것이 아니다. 무림맹이 던전이라면 정주 성내는 '필드(Field)'. 만일의 사태에 대비해 정주 성내의 지리도 완벽하게 파악해 놓는 것이 좋다.

그리고 그다음으로 해야 하는 일이 그 '필드'에 돌아

다니는 '몹'들을 확인하고, 최종적으로는 '보스몹'을 확인하는 일이다.

특히, 지금과 같이 레벨이 상당히 높아진 경우는 보스몹만 확인하는 걸로 충분할지도 모른다.

이 모든 과정은 대동에 처음 도착했을 때도 거쳤었다. 그리고 그때 만났던 대동의 최고수—게임 식으로 치면 보스몹—이 바로 병괴였다.

특별히 이곳, 정주의 보스몹들은 대부분 이 던전인 무림맹의 내당 안에 집중되어 있겠지만, 몇몇은 이번 '천하청비무대회 이벤트'에 맞춰서 필드에 추가 투입되었을 가능성이 높다.

동봉수는 그들을 찾기 위해 필드로 나선 것이다.

이것이, 만약 진짜 온라인 게임이었다면 'Alt + Tab'이나, 게임 기능을 사용하여 한 번에 그들에 대한 견적을 전부 뽑아낼 수 있겠지만…….

역시나 이곳은 진짜 무림.

신무림 온라인 속이다.

그래서 동봉수는 더 좋다.

동봉수는 대동에서 병괴를 찾아낸 것처럼 다시 한 번 꼼꼼히 정주 성내를 스캔하며 주유했다.

이곳저곳에 퍼질러져 있는 자들은 대다수가 허접한 자들이었다. 그것도 아주 버릇없는 집 고양이 같은…… 아직도 자기들이 집 밖에 나왔다는 사실을 인지하지도 못하고 있는…… 그런 자들. 처마 밑을 돌아다니는 집쥐들만 잡더니, 세상의 험함을 전혀 모르고 아무에게나 눈을 희번덕이고 있었다.

동봉수가 찾는 이들은 저런 길들여진 고양이들이 아니었다.

포식자, 육식자, 혹은 폭식자(暴食者)들이 필요하다.

동봉수는 꾸준히 탐사를 진행했다. 동네 고양이들의 저급한 살기가 아닌, 고위 고양이과 동물들의 정제된 본능을 찾아다녔다. 혹은, 종지향과 같은 특이하고 특별한 케이스도 좋다. 더 좋다.

제대로 된 사냥감이라면 누구든 환영이다.

실제로, 동봉수의 기감을 자극하는 여러 명의 사냥감들이 있었다. 하지만 그가 원하는, 이 신무림 온라인 상에서 원하는 사냥감은 아니었다.

영안의 자극이 없었던 것이다.

이것이 그가 이 세계에 와서 변한 가장 큰 점이다. 이제는 단순한 포식자는 그의 사냥감과 거리가 멀어졌다. 지금은 그냥 포식자는 맛깔 나는 사냥 대상이 되지도 못한다. 강해야만 한다.

강하고, 잔인해야 한다. 그것이 아니라면…….

최소한 강하기라도 해야 한다. 미치도록 강하다면…….

그것만으로도 최고의 사냥감이다. 이제는.

그도, 서서히 싸우는 맛, 전투 그 자체의 즐거움을 알아 가고 있었다. 지난번 티무르 칸과의 전투는 그에게 색다른 맛을 안겨 줬다. 극도로 치열한 전투 속, 생사를 가르는 싸움 속에서의 희열감.

그것은 최고였다.

동봉수는 그런 대상, 그럴 수 있을 만한 상대를 찾고 있었다.

그러나.

Lv. 35.

너무 많이 강해진 탓일까.

무화문의 문지기들이 꼭 돌아오라고 경고한 해시(亥時, 밤 9시—밤 11시)가 거의 다 끝나감에도 그러한 자는 한 명도 만나지 못했다.

강한 자는 많이 지나쳤지만…… 구미가 당길 만큼 강한 자는 찾지 못했다.

그때까지도 영안은 너무도 잠잠했다.

'역시 무림맹의 배첩을 받고 온 이들 중에서 찾아야 하는 건가?'

그만큼 동봉수가 강해졌다.

비록 화끈한 사냥감을 찾지는 못했지만, 이건 또 이것대로 괜찮다고 생각했다.

어차피 게임에서도 고렙이 되면 대부분의 플레이어들

은 '보탐(Boss Time, 보스를 잡는 시간)', 던전 돌기, PVP(Player Vs Player), PK 등으로 모든 시간을 소모한다.

이제는 그도 그럴 시간이 된 것뿐일 테지.

이제는…….

진짜 괴물들만 사냥할 시간.

동봉수는 필드의 탐사만 끝나면 무림맹으로 복귀하기로 했다. 더 이상의 탐색은 시간 낭비인 듯했으니까.

그가 그렇게, 이 '정주 필드'에 새로이 합류한 몹들 중에는 보스급이 없다, 라고 단정 지으려는 바로 그 찰나!

[영안 발동 조건이 만족되어 영안이 자동으로 시전됩니다.]

[귀하와 10레벨 이상 차이가 나는 적이 20미터 이내에 접근했습니다.]

띠링띠링띠링, 띠리리리리링…….

"……!"

이제는 조금 낯설어진 영안의 기계음이 뇌리를 뒤흔든다.

착.

그가 발을 멈췄다. 그리고는 곧장 반경 20미터 떨어진 곳에 정확히 뭐가 있는지 확인에 들어갔다.

현재 위치는 무림맹에서 약 25° 서북방면 4㎞ 지점.

폭 10여 미터 거리의 좌우로 주점이 즐비하다. 이 야밤에도 사람이 발 디딜 틈도 없이 빽빽이 돌아다닐 정도로 번화가. 지금도 술에 취한 한 떼의 무리가 그의 앞으로 비틀거리며 걸어온다. 그럼에도 영안이 알려 오는 '20'이란 숫자는 고정되어 있었다. 저 무리들 중에 영안의 신경을 거스르는 사냥감은 없다는 방증.

살짝 걸음을 좌측으로 옮겨 자연스레 무리를 피했다. 그런데 그 작은 한 걸음이 경고음을 뚝 그치게 했다.

'좌측으로 멀어져서 경고음이 끊겼다면……'

사냥감은 우측에 있다.

동봉수는 고개를 우측으로 돌려봤다. 그를 스쳐 지나가는 취객들의 머리들 사이로 아담한 이 층짜리 건물이 하나 서 있었다.

낭랑주잔(朗朗酒棧).

편액이 건물의 이름을 알려 준다.

동봉수는 빠르게 건물의 아래위를 훑은 후 그 입구로 한 걸음 옮겼다. 달빛과 함께, 곳곳을 밝히는 등잔과 횃불에 건물 내부가 훤히 들여다보인다. 다른 주점이나 객잔처럼 사람들로 가득 들어차 있었다.

[20]

한 걸음.

아까 옮겼던 거리를 똑같이 좁히자, 경고음이 다시 돌아왔다.

'분명하다.'

사냥감으로 추정되는 인물은 저 주잔 안에 있다.

동봉수는 눈대중으로 20미터 거리를 계산해 들어갔다.

1미터, 2미터······.

20미터.

입구 근처다. 한데 입구에는 점소이를 제외한 누구도 없었다. 그렇다는 것은······?

'숨어 있나?'

위치는?

'입구의 살짝 위나 아래. 그렇지만 아래는 건물 하반(下盤)이 막고 있다.'

적은 입구의 위쪽에 있다.

동봉수는 고개를 들어 입구 위쪽을 쳐다봤다. 당연하게도 외벽에 가로막혀 그 안쪽은 볼 수 없었다. 그에게 투시능력은 없었으니까. 그렇지만 분명 주잔 내벽에 적이 붙어 있을 터.

그런데 사람이 그곳에 붙어 있다면 주잔 내 모두의 시

선은 그리로 쏠릴 수밖에 없어야 정상 아닌가? 통상, 사람이 건물의 입구 위에 붙어 있다는 것 자체가 말이 되지 않으니까 말이다.

하지만 낭랑주잔 안에 있는 술손님들 가운데 누구도 이에 대해 이상하게 여기는 사람이 없었다. 모두들 술을 마시며 웃고 떠들고 있을 따름. 심지어 시선을 그쪽으로 주는 이도 하나 없었다.

타박타박.

동봉수는 천천히 주잔 쪽으로 다가갔다.

19, 18, 17……

거리가 좁혀진다.

[2]

"어서 옵쇼. 손님."

영안이 2를 가리키자, 점소이가 그를 반갑게 맞았다. 녀석과의 거리는 불과 1미터도 채 되지 않는다. 점소이는 사냥감이 아니다.

동봉수는 바글바글거리는 내부를 들어가 자리를 찾는 척하며 고개를 돌려 입구 쪽을 쳐다봤다. 물론, 정면을 보는 체하며 입구의 위쪽을 올려다본 것은 당연지사.

'……!'

빛이 거의 닿지 않고 1층과 2층을 가르는 벽이 가로막고 있어, 짙은 음영이 그 위치에 드리워져 있었다. 그렇다고 해도 그동안 레벨업으로 말미암아, 상승된 그의 시야를 아주 가릴 정도는 아니었다.

그런데도……

아무것도 보이지 않는다. 눈으로는 상대의 존재를 전혀 분간할 수 없다는 뜻이다.

'저런 게 은신술(隱身術)이라는 건가?'

북방에서 종종 땅에 숨어 있다가 튀어나오거나, 거적 같은 걸 뒤집어쓴 채 위장을 하던 적들은 마주친 적이 있었다. 하지만 저렇게 완벽하게 눈치챌 수 없는 경우는 없었다. 그것도 두 눈 빤히 뜨고도 알아챌 수 없을 정도라……

만일 영안이 없었다면 저곳에 뭐가 숨어 있는지 전혀 알 수 없었으리라.

'나도 저 정도 되련가?'

무슨 뜻인가?

그도 은신술을 할 수 있다는 말일까?

그렇다. 사실 동봉수는 티무르 칸을 죽이고 레벨업을 몇 번이나 했다. 당연히 큰 변화가 있었고 그중에는 스킬도 몇 개가 있었다.

그 가운데 스킬 [은신술]도 포함되어 있었던 것이다.

[은신술(隱身術) Lv.1 숙련도 : 30.0%]

강호의 검에는 눈이 없는 법. 그중에서도 특히, 무림의 밑바닥에서부터 위로 올라온 낭인출신 검사의 검은 더더욱 그러하다. 그런 검을 휘두르기 위해, 때로는 몸을 숨길 필요가 있다. 또한, 그러한 검을 피하기 위해서도 은신의 기술은 꼭 필요하다.

시전 시, 플레이어의 몸이 주변 환경에 완벽히 동화한다. 단, 움직이거나 스킬을 사용하는 즉시 은신술은 해제된다.

초당 진기 소모 : 10 JP

사용해 보지 않은 것은 아니었지만, 거울을 보며 확인해 본 적이 없었기에 정확히 어느 정도의 효과인지 확인할 수는 없었다.

근데 저 정도의 효능이 만약 있다면, 실전에서 꽤 쓸모가 있을지도 모르겠다.

하지만 지금 중요한 건 정작 그것이 아니었다.

왜.

'왜 저 정도의 고수가 저런 곳에 저리도 은밀하게 숨어 있는 것인가?'

암살인가?

잠깐 그런 생각을 했지만, 아닐 가능성이 높았다. 지금 정주에서 이 시간에, 어떤 중요한 인사가 이런 곳에 나타날까? 만일 나타날 것이었다면 진작 왔을 것이고, 장소도 이곳이 아닐 가능성이 높지 않겠나.

동봉수는 계속 생각했다.

그렇다면, 과연 저곳에 숨어서 할 수 있는 다른 일이 무엇일까?

음영(陰影) 속의 암영(暗影). 음…… 암…….

어둠 속에서 숨어서 해야만 하는 일.

여러 가지 생각이 나지만, 암살이 아니라면, 다른 건 한 가지.

'암중경호.'

지금과 같은 상황에서 다른 가능성은 희박하다.

"저기…… 손님. 혹시 합석도 괜찮으십니까요?"

빈자리가 없었고, 곧 나올 것 같지도 않았다. 그러자 점소이가 자연스레 합석을 물어 온다.

어느 곳이나 있는 흔한 상술이다. 애초에 점소이가 주 잔에 자리가 없다는 걸 몰랐을 리는 없었을 테고, 아마 처음부터 이럴 작정으로 그를 주잔 안으로 안내한 것일 터였다.

하지만 지금 동봉수에겐 합석이든 아니든, 자리를 잡는 일 따위가 중요한 것이 아니었다.

'누군가?'

그는 어둠 속에 숨은 고수가 지켜야 할 만한 대상, 그를 찾고 싶었다. 아마도 그자가 이 필드에 새로 참여한 진정한 '이벤트 몹'이 아니겠는가.

"저기, 손님?"

점소이가 뭐라고 하든 동봉수는 아랑곳하지 않고 그저

주잔 내부를 누비고 다녔다. 동봉수의 움직임에 따라 영안이 알려 오는 거리가 들쭉날쭉하게 변했다.

그런데 그 변하는 양이 입구와의 거리와 상관없을 때가 있었다. 그렇다는 것은 주잔 내부에 또 다른 고수가 있다는 뜻.

'역시인가······.'

입구 위에 숨어 있는 고수의 경호 대상일 터.

동봉수는 영안의 경고음에 맞춰 대상을 좁혀 갔다. 여전히 점소이는 그에게 합석할 것인지 계속 물어 왔지만, 그가 알 바는 아니었다.

동봉수의 눈은 무심하게 주잔 내를 후비고 다녔다.

저쪽에 앉아 있는 털보, 저 뒤편 눈이 찢어진 말라깽이, 요 바로 앞에서 술에 절어 헛소리를 주절거리는 뚱보.

모두 다 아니었다.

동봉수의 눈은 계속해서 영안의 사정거리 안에 있는 자들을 스캔해 갔다.

그러던 어느 순간.

"······!"

'뭔가'를 봤다. 그래. 뭔가다.

저걸 달리 어떤 말로 표현하기 어려웠다.

동봉수는 전생에서도, 이번 생에서도 저런 존재를 본 적이 없었다. 우내이십대 고수인 당오나 을지태, 병괴와는 판이했고, 얼마 전 봤던 종지항과도 달랐다. 무엇보다도 동봉수 그 자신과도 확연히 구분되는…… 어떤 존재.

그 존재는 주잔의 구석 자리에 홀로 턱을 괴고 앉아 있었다. 자세 탓에 자연스레 '그것'의 시선이 한쪽에 고정되어 있었다.

그것의 눈이 향하고 있는 곳은 동봉수였다. 마치 그를 기다리고 있었던 듯이 뚫어지게 바라보고 있었다.

그 존재는.

남장을 하고 있었지만 여자임이 분명했고, 아주 어려 보였으며 또한 아름다웠다. 천진난만하게 웃고 있었기에 더욱 그렇게 보이는 것일지도 모른다.

하지만 아이의 것과 같은 그 웃음을 마주한 동봉수의 온몸에는 소름이 돋았다. 평생 느껴 본 적 없는 짜릿함이 그의 온몸을 옭아맸다.

그것, 혹은 그녀가 일어나서 그에게 다가왔다.

[2]

영안이 2미터 앞에 강적이 다가왔음을 알려 왔다. 그리고 그녀가 그의 2미터 앞에서 상큼하게 웃고 있었다.

동봉수의 표정이 더욱 나른해졌다.

'나를 꿰뚫어 보고 있다.'

확실했다. 그녀는 자신을 알아봤다.

그리고.

그도 그녀를 알아봤다.

뭔지는 정확히 알 수 없었다.

하지만 상식이 통하지 않는, 어떠한 존재라는 건 분명히 알아챘다. 마치 이 신무림 온라인 안에 갑자기 생긴, 어떠한……

'버그.'

그녀가 입을 열어 말했다.

"세 번째 만나는 건데도, 만날 때마다 무지하게 떨리게 하네. 당신."

"……."

세 번째?

그녀의 말을 동봉수는 이해할 수 없었다.

한 번 본 사람은 절대로 잊지 않는다. 그런데 그녀는 세 번째라고 말하고 있었다. 그리고 그녀의 말이 거짓일 리도 없었다. 읽을 수는 없지만, 느낄 수 있었다.

진실이다.

"만나서 반가워. 이미 두 번 얘기했지만, 기억 못 할 것 같아서 또 얘기할 테니까, 이번에는 내 이름 꼭 기억해 줘."

이미 두 번 얘기를 했다……?

역시나 앞서의 말과 일맥상통하는 말이다. 하지만 여전히 동봉수는 그녀를 기억해 낼 수 없었다.

"연영하(淵零河). 내 이름은 연영하야."

연영하.

동봉수는 그녀의 이름을 처음 들었다. 하지만 이상하게도, 들었던 것 같기도 했다. 들었으면 들은 거지, 들은 것 같은 느낌.

그에게 참으로 생소한 감각이다.

그래서 그가 말했다.

"뭐지, 너?"

*　　*　　*

기화요초(琪花瑤草)가 난만(爛漫)한 운남(雲南)의 어느 절곡.

눈매가 날카로운, 키 작은 노인이 뒷짐을 진 채 꽃들을 살피고 있었다.

끝도 보이지 않게 넓은 그 절곡 안에서 노인은 홀로 여유롭게 거닐며 절경을 감상하고 있었다.

중천에 뜬 달 탓에 그의 그림자는 그보다도 훨씬 키가 작았다.

그러던 어느 순간.

달이 꿈틀거릴 리 만무하건만, 그의 그림자가 바람을 맞은 꽃마냥 살랑거렸다.

마치 할 말이 있다는 듯.

"무슨 일인가?"

노인이 그림자를 내려다보며 말했다.

"노백(老伯)에게서 연통(連通)이 왔습니다."

그림자가 대답을 했다.

노인의 눈빛이 변했다. 아마도 기다리고 있던 소식이리라.

"영하는?"

"정주에 무사히 도착하셨다 합니다."

"허허허. 무사히? 네가 지금 무사히라고 했느냐? 너는 그 애가 정녕 누구인지 모른단 말이냐?"

"……죄송합니다, 전공(殿公). 속하가 잠시 그분께서 어떤 존재인지 망각하고 있었습니다. 부디 용서를."

"무사히. 무사히라."

"……."

"그 말을 들으니, 이제 진짜 시작이라는 생각이 드는구나."

"네? 그게 무슨 말씀이신지……?"

"천하가 안녕하지 않을 거란 말이다. 이제부터."

"아!"

"무림맹에서 그 애를 어떻게 할 요량으로 이번 일을 꾸민 듯하지만, 내가 볼 때는 누구도 그 아이를 어쩌지는 못할 것이다. 이신(二神)이나 암중에 숨어 있는 그, 미지의 세력이 나서지 않는다면 말이다."

"……."

"단, 또 하나 내가 신경이 쓰이는 것은……."

노인은 그림자에게서 시선을 거뒀다. 그리고는 달을 올려다보며 말을 이어 갔다.

"기신성. 그 아이를 가려 줬던 저 별. 저게 신경이 쓰이는구나. 영하가 장성할 때까지 그 앞을 가리는 것이 본분이라고 생각되었던 저 별이, 그 아이가 강호에 나간 이 시점에서 도리어 그 빛이 강해졌다."

기실, 그가 올려다보고 있던 것은 달이 아니라, 그 옆에 숨어 잘 보이지 않는 별 하나였다.

분명, 이 년 전에 그 빛을 잃고 몰락하고 있었는데, 어느 순간 그 빛을 회복하더니 이제는 제법 강하게 그 무색투명한 빛을 뿜어내고 있는 별.

보통 사람이라면 달빛 때문에 볼 수 없었겠지만, 노인의 안력은 그것을 정확히 꿰뚫고 있었다.

"도대체 이게 어찌 된 일인지 잘 모르겠구나."

노인, 집사전공(集邪殿公) 공나추(孔拿推)는 그렇게 기신성을 바라보며 한참을 서 있었다.

'극음천살성'은 이미 달 뒤에 숨어 전혀 보이지 않았다.

그리고 이제 곧.

기신성이 그 뒤를 따라 달 뒤로 사라지게 될 것이다.

'그렇게 되면 그 둘이 다시 붙게 되는 것일까……?'

그럴 수도 있고, 아닐 수도 있겠지.

사이좋게 공존할 수도 있고,

싸울 수도 있는 것이니까.

둘 중 하나가 사라질 때까지…….

*　　*　　*

세 번째 반복된 오늘.

어김없이 낭랑주잔 안으로 '그것'이 들어왔다.

그것.

그렇다. 분명히 그렇게 표현해야 할 어떤 존재다.

사람인데, 또한 사람이 아닌 어떤 것.

그녀의 몸 안에 가라앉아 쉴 새 없이 떠드는 그것과는 또 다른 어떤 무엇이다.

연영하는, 오늘의 이틀째 그랬던 것처럼 그것의 눈을 훑어봤다. 역시나, 아무것도 보이지 않는다.

'과연, 사람이 아닌 건가?'

사람이라면 자신의 눈에 읽히지 않을 리가 없었다.

연영하는 양손을 깍지 낀 채 팔꿈치를 탁자 위에 놓고, 그 위에 그녀의 작은 얼굴을 살포시 포개어 놓았다. 머리가 무겁지도 않은데 그녀의 손이 바르르 떨렸다. 그녀의 마음속 깊은 곳, 저 아래에 잠재되어 있는 천살기(天煞氣)가 뛰쳐나오려 하고 있었기 때문이리라.

저자, 동광천은 오늘의 첫째 날이나 이틀째 그랬던 것과 마찬가지로, 주잔 안으로 들어와서는 입구 위를 쳐다본다. 어김없이 노백이 숨어 있다는 사실을 알아본 것일 테지. 어떻게 그럴 수 있는지는 자신도 몰랐다. 그래서 더 이해불가한 존재다. 저자는.

동광천은 점소이와 함께 이리저리 주잔 내부를 돌아다니다가 그녀와 눈이 마주쳤다.

훗.

그녀가 웃었다.

너무나 반가웠기 때문이랄까. 태어나서 저런 존재를 본 적은 처음이었으니까. 아니, 좀 더 정확히는 세 번째 만남이다. 하지만 또 한편으로는 처음 만나는 것이기도 했다. 어쩌면 '또 다른 오늘' 더 만나게 될지도 모르지.

스윽.

그녀는 일어나서 동광천에게 다가갔다. 그리고는 첫째 날과 둘째 날 그를 만났을 때 했던 말을 조금만 바꿔서 다시 말했다.

"세 번째 만나는 건데도, 만날 때마다 무지하게 떨리게 하네. 당신."

"……."

세 번째.

그 단어만 바뀌었고, 나머지는 토씨 하나 다르지 않고 같았다.

"만나서 반가워. 이미 두 번 얘기했지만, 기억 못 할 것 같아서 또 얘기할 테니까, 이번에는 내 이름 꼭 기억해 줘."

두 번.

역시나 그 말만 빼고는 모두 둘째 날과 동일했다.

"연영하(淵零河). 내 이름은 연영하야."

이것도 마찬가지. 세 번째로 그에게 이름을 가르쳐 주는 것이었다.

그의 눈빛이 허무하게 가라앉았다. 그리고는 내면을 완전히 닫았다. 그러자 완전히, 있는 듯 없는 듯한 존재로 거듭났다.

원래 그랬지만, 더 읽을 수 없게 되었다.

"뭐지, 너?"

예정된 대로 그가 말했다.

재미있었다. 몇 번이나 반복되면 모든 일이 지루한 법인데, 이 남자를 상대하는 일은 흥미 있었다. 너무 재미있어서, 계속 보고 싶고 말하고 싶었다.

하지만 또한 위험했다. 모른다는 것은 아마 그런 것이리라. 아직 한 번도 경험해 보지는 못했지만, 아마도 그럴 것이라고 그녀는 생각했다.

[죽여라. 모두 죽여라.]

상대의 존재를 눈치챈 내면의 천살기가, 미친 듯이 아우성치며 튀어나오려 하고 있었지만, 섣불리 나설 수는 없었다.

참아. 아무 때나, 아무 데서나 장난을 쳐서는 곤란해.

그녀는 그의 말에 아무 대답도 없이 곁을 스쳐 지나 낭랑주잔 밖으로 나섰다. 이미 둘째 날 상대의 이름을 알아냈으니, 무리해서 자신이 그의 이름을 안다는 걸 광고할 필요는 없었다.

고개를 들어 보니 지난 삼 일—또한 하루—간 봤던 것과 완연히 같은 달이 떠올라 있었다. 무척 푸르렀다. 어차피 상관은 없었지만.

그녀는 바들바들 떨리는 손을 꽉 움켜쥐고는 천천히 걸음을 뗐다. 방향은 동광천에게서 멀어지는 쪽. 더 이곳에 있다가는 천살기가 폭주할 것 같았기 때문이었다.

"노백."

그녀의 말에 화답하듯 무척이나 길어진 그림자가 일렁인다.

"살영단(殺影團) 전원을 투입해서 저자를 죽여."

그녀의 말을 들은 그림자가 또다시 흔들거렸다.

"살영단 열 명만 보내겠다고? 안 돼. 다 보내."

"……."

"왜냐고? 벌써 두 번 보내 봤는데, 다 잡아 먹혔거든. 그래서 그래."

"……."

"응? 그렇게 하면 무림맹에서 다 알게 된다고? 상관없어. 어차피 걔네들은 이미 집사전에서 여기에 사람을 보냈다는 걸 알고 있어. 다만, 그게 나라는 걸 모르는 것뿐이지. 내가 직접 움직이지만 않는다면 무림맹주, 걔는 절대 알 수가 없어."

"……."

"어쨌든 중원은 지금 이 순간부터 내 놀이터야. 운남은 너무 비좁았어. 이제부터 한판 걸판지게 놀아 봐야지. 재미난 장난감도 하나 발견했고 말이야."

뜻 모를 혼잣말을 중얼거리는 것을 끝으로, 그녀는 붐비는 사람들 속에 섞여 사라졌다. 달빛을 받아 길어진 그녀의 그림자도 다급히 그녀의 뒤를 따라 어둠 속으로 숨어들었다.

그녀가 사라진 후.

동광천, 아니, 동봉수도 낭랑주잔 밖으로 나왔다. 여태까지 그를 따라다니며 친절하게 이런저런 말을 지껄이던 점소이의 목소리가 구시렁거리는 걸로 바뀌었지만, 여전히 그가 상관할 바는 아니었다.

그는 그저 연영하라는 여인이 했던 말을 곱씹고 있었다.

'이미 나를 두 번 만났다고 했고, 이번 만남이 세 번째라고 했다.'

무슨 의미일까?

그리고.

뭘까? 그것은?

예상했던 '이벤트 몹'은 아니었다. 하지만 그것보다도 훨씬 더 그의 흥미를 자극하는 괴물을 만난 것만큼은 분명했다.

중원은 그가 생각했던 것보다도 훨씬 더 재미있는 곳인 것 같다. 기대했던 것보다 더 많은 사냥감들이 날뛰는 사냥터.

어쩌면 자신이 역으로 사냥을 당할지도 모를 정도로 무시무시한 괴물들이 돌아다니는 것 같기도 했다.

'어쩌면 그중 하나가 이미 나를 사냥감으로 생각하고 노리고 있을지도 모르지.'

내가 나 자신을 봤다면……

말할 필요가 있는가? 최고의 사냥감을 발견했다고 밤잠을 설쳤으리라. 아마 그녀도 그럴 것이다.

탁.

거기까지 생각한 동봉수는 무림맹으로 귀환하기 위해 남쪽으로 한 걸음 뗐다.

"……."

대목을 맞은 거리의 활기가 서서히 죽어 갈 시점이었다. 해시가 끝나고 다음 날 자시가 가까워 오고 있었다.

"크크크."

동봉수가 갑자기 낮게 클클거렸다.

거리 전체에서 위화감이 느껴졌다. 경험해 본 적은 없지만, 그는 감각적으로 왜 그런 것인지 알고 있었다.

온 거리를 잠식한 은은하고 불쾌한 기감. 지독히도 저급한 살기. 그러나, 살기는 살기. 그런 것들 수십이 뭉쳐 자신을 압박하니 피부가 살짝 따끔따끔해졌다.

"사냥감이 된 건가? 연영하가 보낸 것들일 테지?"

100%다.

벌써라고 생각할 필요도 없었다. 당연한 수순이었다.

다만, 그라면 본인이 직접 나섰을 터이니, 그 점만이 다를 따름.

어쨌든 사냥감이 된다는 기분이 꼭 나쁜 것만은 아님에 분명했다. 바늘이 콕콕 찌르는 듯한 살기의 두드림이, 마치 온몸을 마사지하듯 시원하게 느껴졌으니까.

한데, 조금 아쉽기는 했다.

"보낼 거라면 좀 더 맛있는 녀석들을 보내 줬으면 좋았을 것을……."

영안이 조용했다. 싱겁게도. 저 정도의 것들이라면 거의 경험치에 도움이 되지 않을 것이다.

하나, 둘, 셋, 넷……

그는 미미하게 느껴지는 살기의 수를 세어 갔다.

43.

마흔 셋의 저질스러운 살기가 거리 구석구석마다 숨어 있었다. 벽이, 바닥이, 지붕이 그에게 적의를 내뿜고 있었다.

아마도 그가 거리를 벗어나려 하는 순간, 저들의 공격이 시작될 것이다.

동봉수는 걸음을 완전히 멈췄다.

싸우는 게 두렵거나 한 건 당연히 아니었다. 싸움 그 자체가 문제였다. 이곳은 눈이 너무 많았다. 게다가 그 눈을 모두 다 제거한다는 것도 불가능했다.

피와 죽음이 난무하는 신무림 온라인이지만, 그 피에는 명분이 따라야 한다. 명분 없는 죽음은 원한과 혐오를 불러 온다.

지금 그에게 주어진, 혹은 주어질 명분은 고작해야 적들의 습격이다. 저곳에서 퍼질러 자고 있는 노숙 무림인들이나 밤나들이를 즐기는 사람들을 마음대로 죽일 명분은 없었다.

그가 앞으로 한동안 쓰고 있어야 할 '가짜 영웅'은 결코 죄 없는—이곳의 보편적인 기준에서— 사람을 살상하지 않아야 한다.

그렇다고 싸우지 않을 수도 없었다. 또한, 모든 걸 내보이는 것도 현명한 선택은 아니었다.

잠시 더 생각을 한 동봉수는 결정을 내렸다. 어차피 연영하가 보낸 저 살기들은 맛보기, 간보기다.

간만 보여 주면 된다.

단, 그 간은 짧고 강렬해서 다음 번 간을 보러 올 때는 맛을 보기 무서워질지도 모르지.

해시가 거의 끝나 간다.

서서히 거리는 한산해져 갔지만, 여전히 많은 무림인들이 거리를 수놓고 있었다.

그리고.

어느 순간, 동봉수가 그들 사이에 섞여 움직이기 시작했다.

* * *

살영 십호(十號)는 낭랑주잔에서 남쪽으로 십 장쯤 떨어져 있는 가옥의 처마 아래 숨어 있었다. 그 혼자만이 아니라, 다른 살영단원들도 이 거리 곳곳에 숨어 있었다.

맞은편 골목 안쪽에 숨어 있는 이십이호의 모습이 그의 눈에 꽤 잘 보였다. 달이 밝기도 했고, 십호가 숨어 있는 위치가 이십이호에 비해 상대적으로 높은 이유도 있었다.

그는 흘깃 이십이호를 한 번 봤다가 다시 시선을 목표물이 있는 낭랑주잔 입구로 돌렸다.

앞머리로 얼굴의 반 정도를 가린, 목표물이 여전히 그 자리에 서 있었다. 그냥 지나다니는 사람들을 지켜보고 있나?

십호는 목표물의 눈이 잘 보이지 않자, 답답함을 느꼈다. 살수들이 으레 그렇듯이, 그도 목표물의 눈을 보고 공격 시점이나 움직임을 미리 예측한다. 하지만 이번 목표물은 그것이 원천 봉쇄되어 있어서 좀 답답함을 느꼈다. 게다가 목표물에 대한 정보가 전혀 없다는 사실도 한몫하고 있었다.

'젠장. 저 자식은 도대체 왜 안 움직이는 거야?'

설마, 살영단의 존재를 눈치챈 것인가?

그럴 리가 없었다.

비록 살영단의 출신은 비루하기 짝이 없었지만, 그들이 받은 훈련은 지옥의 그것과 다름이 없었다. 숨는 것 하나만큼은 절정고수들도 따르기 어려울 정도였다.

십호는 자기 자신을 믿었고, 동료들을 신뢰했다. 그들 모두가 동원되었다. 이 정도면 구파의 장로급 정도는 충분히 암살할 수 있을 정도 아니겠는가?

살영단은 한 번 문 목표를 결코 놓치지 않는다. 그가 단원이 된 이후 단 한 번의 실패도 없었다. 그건 이번에도 마찬가지이리라. 목표대상에 대한 정보 따위는 크게 중요하지 않을 것이다.

어둠 속에 가라앉은 십호의 눈이 더욱 낮게 침잠해 들었다.

'움직여라. 움직여라. 움직이는 순간.'

너는 죽은 목숨이다!

그가 그렇게 마음속으로 외치던 그때였다.

'……!'

목표물이 마침내 움직였다.

목표대상이 갑자기 인파 속에 섞여 든 것이었다.

십호의 눈이 확 떠졌다. 거리에는 목표물뿐만 아니라, 다른 사람들도 많이 있었기에 놓치지 않으려면 주의해야 했다.

'오십 보, 마흔아홉 보, 마흔여덟 보…….'

십호는 목표물을 놓치지 않기 위해 상대와의 거리를 계속해서 재고 있었다. 볼 수는 없지만, 아마 다른 살영단원 모두들 지금 바짝 긴장했을 터였다. 그들 모두 자신의 바로 앞, 일 보나 이 보까지 목표물이 근접한 순간 살수를 펼칠 것이다.

십호는 계속해서 수를 세어 나갔다.

서른여덟 보, 서른일곱 보, 서른여…… 섯 보!?

'음?! 사라졌다?'

목표물이 갑자기…….

없어졌다. 사람이 붐비고 있기는 했지만, 목표물의 인

상착의가 특이했기에 놓칠래야 놓칠 수가 없었는데…….

놓쳤다.

그뿐 아니라, 수십 명의 살영단원들이 동시에 목표물을 주시하고 있었는데도 목표물이 자취를 감췄다.

당황한 십호가 맞은편에 있는 이십이호를 쳐다봤다. 근데, 이십이호도 목표물을 놓친 것인지 그를 마주 쳐다보고 있었다.

'진짜다! 진짜로 사라진 거다!'

둘은 동시에 목표물이 처음 사라진 곳을 다시 바라봤다.

그곳은 길의 한 중간이었다. 숨을 곳은 없었다. 살영단주 정도의 은신술을 가진 것이 아니라면 누구도 저곳에서 사라질 수는 없었다. 아니, 살영단주라 하더라도 그냥 꺼지지는 못한다. 최소한 은신술을 펼치는 기미라도 보였어야 한다.

한데, 목표물은 말 그대로 그냥…….

사라졌다!

살영단에게 목표물을 놓친다는 건, 목숨을 잃는다는 말과 같다.

그들에게 단주의 명령은 절대적이었다.

한데, 그 단주를 수족처럼 부리는 정체불명의 여인이 내린 명령을 실패한다면?

끝이었다.

"젠장—!"

십호는 '임무 중 실언(失言)하라'는 살영단의 단훈(團訓)도 깜빡한 것인지 자기도 모르게 입 밖으로 소리를 내며 처마에서 살짝 아래로 내려왔다.

맞은편을 보니 이십이호도 골목 밖으로 조금 몸을 드러내고 있었다. 그리고 저쪽 골목의 반대편 쪽에서는, 아예 목표물의 퇴로를 차단하고 있던 삼십팔호가 거리로 나섰다.

혹시 목표물을 발견한 것인가?

퍽.

십호가 그렇게 생각한 순간!

삼십팔호의 목이 떨어졌다.

"……!"

어떻게 된 일인지 전혀 알 수 없었다. 하지만 누가 한 것인지는 명확했다.

목표물이다! 목표물이 어딘가에 숨어 살수를 뿜어낸 것이다. 그리고는 다시 자취를 감췄다.

"헉!"

"뭐, 뭐야!"

"꺄악!"

갑작스럽게 만들어진 머리 없는 시신에, 거리를 메우고 있던 사람들이 깜짝 놀라 사방으로 흩어졌다. 순식간에 거리는 엉망이 되었고, 혼돈에 빠져 버렸다.

그에 십호뿐 아니라, 살영단은 이제 목표물이 누구인지 더욱 갈피를 잡을 수 없게 되었다.

그리고 그때부터 살육이 시작되었다.

퍽.

저쪽 반대쪽 가옥의 위 지붕에 숨어 있던 사십일호가 죽었다. 그리고 그때 아주 잠깐이지만 어떤 그림자가 사십일호의 뒤에 서 있는 것을 볼 수 있었다. 하지만 그건 말 그대로 잠깐이었다.

목표물은 사십일호의 목을 딴 직후, 다시 사라졌다.

퍽. 퍽. 퍽…….

칠호, 구호, 십오호…….

살영단원의 수가 계속해서 줄어들었다.

"저, 저게……?!"

이제 가끔은 목표물의 모습을 볼 수 있게 되었다. 또한, 가끔은 그림자조차 전혀 볼 수 없기도 했다. 종잡을 수가 없었다.

볼 수 있을 때의 목표물은 빨랐다. 아니, 빠르다는 말로 표현하기에 이상할 정도였다.

살영단원들을 죽일수록 점점 빨라졌고, 종종 그 자리에서 꺼지듯 사라지기도 했고, 어쩔 때는 기둥 속으로 들어가듯 없어지기도 했다.

누구도 그의 움직임을 잡을 수가 없었다. 그건 은신술도, 경신술도, 뭣도 아니었다.

뭐라고 해야 할까?

상대는 그냥 귀신! 귀신이었다.

"귀, 귀신! 귀신이다!"

십호의 마음을 대변한 것인가? 나들이객 중 하나가 소리쳤다. 그러고는 사람들의 흩어짐이 더욱 가속화되었다.

살영단원들 중 몇몇도 거기에 섞여 장내를 벗어나려 했다. 하지만 누구도 벗어나지는 못했다. 목표물, 아니, 귀신은 빠져나가려는 살영단원들부터 우선적으로 죽였다.

그에 살영단원들의 행동 반경은 더욱 좁아졌다. 십호도 마찬가지였고, 그 맞은편에 있는 이십이호도 똑같았다. 움직이면 먼저 죽는다는 공포가 모두의 머릿속에 각인되었다.

퍽, 퍽, 퍽……

하지만 가만히 있는다고 살 수 있는 것도 아니었다. 살육의 장은 움직임과 상관없이 거리 곳곳에서 벌어졌다.

퍽, 퍽, 퍽…….

"……."

십호는 입만 벌린 채 그저 기다릴 뿐이었다. 자신의 차례가 오기를.

그러던 어느 순간.

퍽.

그의 맞은편에서 그처럼 입을 벌리고 멍하니 있던 이십이호의 머리가 사라졌다.

이십이호의 목을 자른, 그자가 몸을 돌려 이쪽을 바라 봤다.

물론, 십호는 움직일 수 없었다. 어떤 움직임도 소용없음을 알기에 그런 것이 아니었다. 그냥 몸이, 다리가, 팔이…… 움직이지 않았다.

슥.

귀신이 다시 사라졌다. 예의 그 특유의 신법이리라.

곧바로, 등 뒤에 소름이 돋는다.

뒤다. 귀신이 뒤에 나타났다.

보지 않아도 알 수 있었다.

혈향이 아릿하게 코를 자극하고 있었으니까. 이제 곧 자신의 피도 저기에 포함될 것이다.

"그녀는 누구지?"

귀신이 말했다.

귀신은 목소리도 특별했다.

역시 인간과 다른 것일까? 감정이라고는 터럭만큼도 포함되지 않은 무감정한 음성이었다.

십호의 눈이 파르르 떨렸다. 십호는 그가 말하는 그녀가 누구인지 몰랐다. 그저 그녀가 단주를 수족처럼 부린다는 것밖에는.

"나는……."

십호는 입을 열어 '모른다'고 말하려 했다. 하지만 소리가 되어 입 밖으로 나오지는 못했다. 그의 목이 이미 옆으로 미끄러지고 있었고, 눈의 위치가 점점 낮아지고 있었고, 의식은 이미 저 멀리 달아났기 때문이었다.

그리고 그때를 기점으로 새로운 자시(子時)가 되어 새 날이 밝았다.

"이런. 오늘이 벌써 끝나 부렸네. 아숩게스리."

연영하가 아쉬운 듯 입맛을 다셨다.

그녀는 낭랑주잔에서 삼십 장쯤 떨어진 언덕의 한 떡 갈나무 가지 위에 걸터앉아 있었다. 그곳에서 낭랑주잔 앞에서 벌어지는 일을 모두 지켜봤다.

비슷한 장면을 세 번째나 보는 건데도 불구하고, 여전 히 신기하다.

비상식.

저자는 정상적인 궤를 벗어난 인간이다. 자기와 같 은…… 어쩌면 좀 더 비정상일지도 모른다.

한두 번 더 보면 알 것도 같았는데…… 아쉽게도 하루 가 끝이 나 버렸다. 그게 못내 아쉬운 연영하였다.

"노백, 봤어?"

그녀의 말에도 그림자는 요지부동. 대답이 없었다.

"그래, 그렇지. 노백이 제대로 봤을 리가 없지."

이어지는 그녀의 말에 그제야 그림자가 일렁인다.

"응? 나? 나는 봤냐고?"

"……."

"나도 못 봤어. 그래서 더 미치겠다는 거지. 세 번으론 부족했어. 태부족이야."

고작 세 번으로는 이해조차 가능하지 않았어.

사라졌다가 나타났다가…….

비단 그의 몸뿐만이 아니었다. 손에 쥐어져 있던 검도 있다가 없어지고, 생겼다가 사라지고……. 믿을 수 없었지만 두 눈으로 똑똑히 본 사실이었다.

지금도 그의 손에는 검이 쥐어져 있지 않았다. 분명 마지막 살영단원을 죽일 때에는 손에 검이 쥐어져 있었는데도 말이다.

[죽여라. 모두 죽여라.]

천살기가 다시 들끓는다.

연영하의 눈동자가 새까맣게 변했다.

참기가 어려웠다. 그렇다고 이곳에서 천살기를 폭주하게 둘 수는 없었다.

"미치겠네. 진짜 돌아 버리겠어, 노백. 저자랑 놀고 싶어 환장하겠어."

그녀의 새까만 눈을 보아서였을까? 그림자가 마치 풍을 맞은 듯 부르르 떨렸다.

"이 언덕 뒤를 넘어 십 리쯤 가면 노가촌이라는 게 있다고?"

그녀의 말에 긍정을 표하는 것처럼, 그림자가 다시금 나뭇가지를 타고 흐늘거렸다.

반짝.

그녀의 새까만 눈동자가 광기에 젖어 윤이 났다. 그 칠흑 같은 눈동자에, 유유히 무림맹으로 돌아가는 동봉수가 보였고, 어느새 살육 소식을 듣고 온 무림맹의 순찰대원들까지 포착되었다.

마음 같아서는 저곳에 있는 모두와 놀고 싶었지만, 아직은 그럴 때가 아니었다.

어차피 천하청비무대회라는 큰판이 조만간에 벌어질 것이다.

아직은…… 지금은 때가 아니었다.

오늘은 그냥 벌레 몇 마리나 잡으면서 천살기를 달래야겠어.

동봉수가 이내 그녀의 시야에서 사라졌고, 연영하 또한 언덕의 뒤쪽으로 몸을 날려 장내를 벗어났다. 이제 그곳에는 시체들을 수습한다고 분주한 순찰대원들과 귀신의 등장에 두려움과 호기심을 동시에 느끼는 구경꾼들만이 남게 되었다.

그리고 그렇게 얼마 뒤 날이 밝았다.

*   *   *

정주는 어제 벌어진 흉흉한 사건으로 인해 아침부터 소란스러웠다.

한밤의 번화가에서 벌어진 귀신 사건.

목격자들은 한결같이, 마흔여 명을 살상한 흉수를 귀신이라고 지목했다.

이유는 간명했다.

신출귀몰(神出鬼沒).

흉수의 종잡을 수 없는 움직임이 귀신과 같았다고 했다. 현장에는 많은 무림인들이 있었건만 그중 누구도 흉수를 똑똑히 목격한 자가 없었다.

그토록 신기하게 나타나, 괴기스럽게 사라지는 신법은 그들 상상 속에서나 가능한 일이었으니까. 그들이 귀신을 봤다고 하는 것도 어찌 보면 당연한 일이었다.

오늘부터 천하청비무대회의 참가 접수가 시작되는 날인데, 이 흉살스러운 사건 발생으로, 무림맹은 물론이고 정주 전체가 뒤숭숭했다.

귀신의 저주다. 혹은, 대살성이 천하청비무대회를 방해하기 위해 나타나 사람들을 죽였다는 둥 신빙성 없는 소문이 파다하게 퍼져 나갔다.

그에 정주의 치안을 맡고 있는 강호보위단의 단주인 을지태는 무림맹에 귀환한 첫날부터 무척이나 바쁘게 하루를 시작했다.

그리고 지금도 아침 일찍부터 천통전에 불려 가 현천진인에게 그 일에 대한 보고를 하고 있었다.

"천살성인가?"

현천진인은 을지태를 보자마자 단도직입적으로 물었다.

"아직은 확신할 수 없습니다."

"그런가?"

"네, 맹주. 현장에서는 천살기의 어떠한 흔적도 찾을 수 없었습니다."

"쯧쯧. 만성의 극음천살성이라네. 이미 천살기가 그 단전 안에 완전히 내재했을 터. 천살기의 흔적 같은 것이 남아 있을 턱이 없질 않으이. 본도가 말하는 것은 그 현장의 참혹함 같은 것이라네."

"……그것이……. 그걸 보면 더욱더 천살성으로 보기 어렵습니다. 왜냐하면, 현장에 나타났던 자는, 철저히 골라서 살인을 저질렀습니다."

"골라서 살인을 저질러? 그게 무슨 말인가?"

"현장에서 죽은 이들은 모두 흑의를 입은 사람들이었습니다. 아직 정확히 그들의 정체를 확인하지는 못했지만, 같은 소속의 인물들로 보였습니다."

"흠."

현천진인은 긴 백염을 쓰다듬으며 을지태의 보고를 계

속 들었다.

"만약 그자의 천살기가 폭주한 것이었다면, 그곳에 있는 모든 이들이 살겁을 피할 수 없었을 것입니다."

"그렇겠지. 극음천살기가 그곳에서 터졌다면 그 일대는 완전히 초토화되었어야만 할 터. 그렇다면 자네의 말은 어제 사건은 극음천살성과 전혀 관계없다는 뜻인가?"

현천진인의 말에 을지태는 잠시 고민하다가 자신 없는 어투로 대답했다.

"그게…… 저도 잘 모르겠습니다만, 어쩌면 극음천살성이 한 짓이 맞을지도 모른다고 여기고 있습니다."

현천진인의 백미가 살짝 들렸다. 을지태에게서 좀처럼 듣기 어려운 '잘 모르겠다'는 대답을 들은 탓이리라.

"설명해 보게."

"마흔셋이 살육당했는데, 현장의 그 어느 누구도 흉수를 제대로 보지 못했다 합니다."

"하나, 그것만 가지고 천살성의 택자(擇者)가 나타난 것이라고 보기엔 무리가 있지 않으이?"

"그건 그렇습니다만, 목격자들의 증언에 의하면 흉수가 '귀신'이라고 했습니다."

"귀신?"

"네, 분명히 그렇게 말했습니다. 그것도 한두 명이 아니라, 대부분의 목격자가 흉수의 정체를 귀신이라고 했습니다. 그 때문에 지금 정주에 귀신이 나타났다는 소문이

급속히 퍼지고 있습니다."

"자세히 설명해 보게."

"……특별히 설명할 것도 없습니다. 목격자들에 의하면 귀신은 나타났다가 사라졌다가, 벽이나 지붕을 그냥 막 통과했다고 합니다."

"나타났다가 사라졌다……. 그리고 벽을 마음대로 통과한다? 그게 말이 되는 소리인가?"

"네, 그래서 제가 봤을 때는 그것이……."

"극음천살기의 괴능(怪能)일 것이다, 그 말인가?"

을지태가 잠시 말을 멈춘 사이, 현천진인이 대신 마무리 지었다.

"네, 맹주. 그렇습니다."

"흠."

현천진인은 다시금 백염을 쓰다듬으며 생각에 빠졌다.

과거, 무림에는 여러 명의 천살성이 강림(降臨)했었다. 하지만 그 대부분이 제대로 성숙하기도 전에 죽었다.

왜냐하면, 천살성의 특성 때문이었다. 하늘에 버젓이 '나 태어났소' 하면서 튀어나오는데, 무림의 지자(智者) 들이 가만히 있을 리 만무했던 것이다.

그러나 간혹 어렸을 때 처리하려 해도 찾지 못한 이들 도 분명히 있었으니, 그들이 바로 무림에 한 번씩 등장해 대살성이 되었다.

그중에서도 극음천살성은 딱 두 번 천하에 나타났었다.

전해 오는 바에 의하면, 극음천살성은 다른 천살성들과는 많이 다르다고 한다.

괴능.

여타 천살성들과는 달리 특이한 능력을 갖추고 태어난다는 것이었다.

후대에 이 사실을 처음으로 전한 이는 바로 천마(天魔)였다.

기실 첫 번째 극음천살성을 죽인 이가 바로 천마였던 것이다.

천 년 전, 극음천살성에 의해 강호가 혈겁에 빠졌을 때, 천마가 나타나 극음천살성을 주살하며 천하를 자신의 손아귀에 넣었다.

그럼에도 그 당시에는 정사마할 것 없이, 천마를 따르던 이들이 많았다고 전해진다. 극음천살성의 등장이 천마에게 패도(覇道)의 명분을 준 것이었다. 그의 패악(悖惡)보다는 극음천살성을 주살한 공이 더욱 크다고 생각한 이들이 많았던 것이리라.

그만큼 극음천살성은 공포스러운 존재였다.

한데, 그를 처치한 천마는 그 존재에게 괴능이라는 특이한 능력이 있다고 말했다고 한다. 그 때문에, 수도 없이 죽을 뻔했다고 전했다.

하지만 그 능력에 대한 구체적인 언급은 하지 않았다.

그가 괴능에 대해 정확히 몰랐던 것인지 아니면 알고 있었는데도 일부러 전하지 않은 것인지에 대해서는 알려진 바가 없었고, 후사가들 사이에서도 의견이 분분했다.

지금 을지태가 하는 말은 그 '신출귀몰한 신법'이 극음천살성의 괴능이 아닐까 하는 것이었다.

현천진인은 천마의 전설에 대해 잠시간 더 곱씹다가 이내 고개를 가로저으며 말했다.

"흠. 한데 겨우 그 정도의 능력이겠나?"

"네?"

"그 괴능 말이네. 인정하기 싫지만, 천마는 천 년 전 천하제일의 고수였네. 어쩌면, 무림 역사상 가장 강한 자일지도 모르지."

"……."

"그런 자가 괴능이라고 불렀으이. 그런 정도의 능력이 고작 뛰어난 신법과 큰 차이가 없어 보이는, 그 정도의 기술일까 싶다는 말일세."

"하지만, 목격자들에 의하면 그것은 절대로 신법이 아니었다고 합니다."

을지태의 생각에는 귀신이라 불릴 정도의 신법이라면 충분히 괴능이 되지 않을까였다.

반면, 현천진인은 여전히 의문스러웠다.

"그럴지도 모르지. 자네 말대로 극음천살성이 모습을

드러낸 것일지도 모르이."

"저한테 맡겨 주시면 철저히……."

"아니, 됐네. 오늘부터 천하청비무대회의 신청 접수가 시작되네. 자네는 그 일에 전념하도록 하고, 어제 일어났던 일에 관한 조사는 비봉공(秘奉公)에게 맡기도록 하게. 어차피 극음천살성에 대한 조사는 원래부터 그에게 맡기기로 하지 않았었는가?"

현천진인이 말하는 비봉공은 바로 병괴였다.

맹주의 말대로, 을지태가 생각하기에도 자신보다는 팔기병광이라 불릴 정도로 재주가 많은 병괴가 이 일에 적격이었다.

하지만.

"네, 맹주. 그렇게 하도록 하겠습니다. 한데, 그분께서는 지금 당장은 시작하실 수 없으실 듯합니다."

"무슨 일이 있는가?"

"병공께서는 아마도 그자와의 약속을 우선시할 것 같아서 그렇습니다."

"그자? 그자가 누군가?"

"어제 저와 함께 무림맹으로 들어온 동광천이라는 자입니다. 병공께서는 아마도 지금 그를 만나러 가셨을 것입니다."

"동광천? 아! 비봉공이 자네에게 반드시 데리고 오라고 부탁했던 바로 그자 말인가?"

"네."

"흠…… 궁금하이. 대체 어떤 청년이기에 비봉공 같은 사람이 그렇게나 신경을 쓰는지 말일세. 자네가 보기에는 어떻던가? 무림의 동량(棟樑)이 될 만한 인물이던가?"

을지태는 잠시 동봉수에 대해 생각하다가 입을 열었다.

"과묵한 사람이었습니다."

사실 그에 대해 그다지 기억에 남는 것은 없었다. 그중 가장 특별한 것이 그가 무척이나 조용하다는 것이었다.

"자네보다도 더 말인가?"

"네."

"그리고 또?"

을지태는 조금 더 생각한 후 신중하게 말을 이었다.

"내공을 익히지 않았습니다."

"그런가?"

현천진인의 목소리에서 흥미가 딱 사라졌다. 지금 무림맹에 필요한 사람은 강한, 그것도 특별히 무공이 강한 사람이었다. 내공이 없이 외공만 익히고 있다면 그 한계는 명확할 터. 설사 무공을 익혔다 해도 그 경지는 보잘것없을 것이 뻔했다.

무공이 약하다면 아무리 흥미 있는 인물이라도 관심 밖으로 밀려날 수밖에 없었다.

"하지만 좋은 자질을 가진 자였습니다."

"흠. 그런가? 자네가 그렇다면 그런 것일 테지."

말은 그렇게 했지만, 현천진인의 머릿속에서 동광천이란 이름은 이미 희미해지고 있었다.

여전히 그에게 이용가치가 있는 사람은 좋은 자질의 영재가 아니라, 종지항 같은 이미 만들어진 '강한 영웅'이었다. 강호의 동량은 과묵한 것만으로는 절대로 될 수 없으니까 말이다.

그래도 혹, 머리가 좋은 이라면 써먹을 데가 있을지도 모른다는 생각에, 현천진인은 대수롭지 않게 한 마디 덧붙였다.

"그자가 원한다면, 적당한 자리에서 일할 수 있도록 자네가 도와주게."

"네, 맹주. 알겠습니다."

*　　*　　*

달그락, 달그락.

식기와 젓가락이 부딪치는 소리가 규칙적으로 방 안에 울려 퍼졌다.

동봉수는 시비가 가져다준 아침을 들며 간밤에 있었던 전투를 복기했다. 어제의 마무리와 오늘의 시작을 연결하는 일상의 연속, 그것이었다.

[은신술].

생각했던 것보다는 쓸 만한 기술이었다. 특히, [보법]이나 인벤토리술이 거기에 더해지니 아주 괜찮은 콤비네이션이 나왔다.

적을 혼란스럽게 하기에 매우 안성맞춤이랄까.

사라지고, 나타나고, 또 사라지고, 나타나고…….

동해 번쩍 서해 번쩍.

도시라는 지리적 이점을 등에 업으니 마음먹은 대로 헤집고 다닐 수 있었다. 지붕이나 서까래, 심지어 평석이 깔린 바닥에도 한정적이나마 몸을 숨길 수 있었다. 물론, 아교 같은 걸로 단단히 연결되어 있는 사물에는 안 되었지만.

아무튼 어제의 전투는 그에게 확신을 심어 주기에 충분했다.

이제 도시에서 그를 잡을 만한 무림인은 많지 않을 것이라는걸.

그렇지만, 많지 않다는 건 역시 존재하기는 하다는 뜻.

어제 낭랑주잔 입구 위에 숨어 있던 자 정도의 고수라면 따돌리거나 맞상대하기가…….

'쉽지 않을지도 모른다.'

그만큼 완벽한 은신술을 가진 자였다. 물론, 싸워 보기 전에는 알 수 없는 일이었지만, 만만치 않을 것만큼은 분명한 사실이었다.

거기에다가, 미지의 영역인 연영하까지 더해진

다면…….

'강해져야 한다.'

무림의 영웅이 되려면 더 강해져야 한다. 아니, 영웅인 '척' 하려면 그것보다도 한 차원 더 강해야 할 것이다. 그래야지만 이 무림이라는 사파리의 최고경영자가 되어, 필요할 때마다 언제든지 포식자들로 만찬을 즐길 수 있게 되리라.

개중 몇은 사파리 밖으로 뛰쳐나오면 더 반갑고 좋을 테고…….

무엇보다도 더욱 맛있을 테지.

어뷰징(Abusing).

완전히 같은 개념은 아니지만, 아마도 그와 비슷할 것이다. 동봉수는 잘 몰랐지만, 그가 목표로 삼은 일이 저것과 아주 흡사하다는 걸 감각적으로 알고 있었다.

어뷰징은, 통상 게이머가 본인의 계정 외 부계정 등 다중 계정 조작을 하여 부당하게 이득을 편취하는 행위를 말한다.

이곳 신무림 온라인에서 게이머는 동봉수 그 자신뿐이다. 당연히 부계정 등은 있을 수 없었다. 더 있을지도 모르지만, 일단은 없다고 보는 게 합리적이었다.

하지만 일반 게이머들처럼 의지를 가지고 움직이는 수많은 NPC들이 존재한다. 그리고 경우에 따라서, 그들

을 마음먹은 대로 부릴 수도 있고, 어떠한 행위를 하도록
유도할 수도 있었다.

그런 개념이라면…….

NPC 목장은 분명 어뷰징의 일종이 된다.

만약 실존하는 어떤 게임 안에서 저러한 일이 가능했
다면 진정 신개념이지 않겠는가?

성장하는 NPC라니. 그리고 그런 NPC를 잡고서 레
벨업을 한다라…….

매우 불합리한 시스템이지만, '나 홀로 게이머'인 동
봉수에게는 정말로 유리한 시스템이었고, 이제는 그의 목
표가 되었다.

어뷰징, 어뷰징, 어뷰징…….

그런데 어뷰징에 대한 생각을 계속하던 동봉수의 뇌
회전이 갑자기 빨라지기 시작했다.

어뷰징이란 단어가 그의 뇌리 깊숙이 박혀 들며 어제
벌어진 상황에 겹쳐졌다.

사냥, 살수, 자객, 어뷰징, 부당한 이득…….

여러 가지의 키워드가 동봉수의 머리 이곳저곳에서 떠
올랐다가 가라앉으며 하나의 구체적인 아이디어를 만들
어 갔다.

'그렇군. 그런 방법도 가능하겠어.'

사냥.

그래, 꼭 사냥을 해야만 하는가?

어제처럼 사냥감이 되는 것도 좋은 사냥법이 아닐까?

'사냥감이 된다, 사냥감이 된다, 사냥감이 된다······.'

태어나서 처음 있는 일이었지만, 나쁜 기분은 아니었다. 게다가, 그가 그러한 일을 의도적으로 꾸민다면?

오히려 덫을 놓고 적을 기다린다면?

또는, 찾아 나서지 않아도 적이 스스로 찾아와서 죽어 준다면?

동봉수의 입이 살짝 벌어지며 그의 새하얀 이가 무감정하게 대기 중에 그 사악한 본색을 드러냈다.

그가······.

동봉수가 신무림 온라인의 새로운 허점을 찾아냈다.

'이 방법'을 이용하면 사냥감들이 끊임없이 자기한테 찾아와서 죽어 줄 것이다. 경험치가 되어 주고, 스킬 숙련도를 올려 주게 되리라. 더불어, 그 과정에서 '가짜 영웅'의 이미지까지 공고해질 것이다.

이에 대한 실행은 조금의 조사만 거치면 할 수 있으리라.

딸칵.

동봉수가 젓가락을 탁자 위에 내려놓음으로써 식사가 끝났다. 어제 전투의 복기도 그로써 마쳤다. 그 과정에서 새로운 깨달음까지 얻었다.

무림은 더욱······.

위태로워졌다.

동봉수는 탁자를 옆으로 치우고 자리에서 일어났다. 그리고는 늘 그랬던 것처럼 인벤토리 신공을 연마했다.

그의 몸에 걸쳐진 것들이 빠르게 뒤바뀌어 갔다.

검, 도, 부, 창, 방패, 철갑……

각종 병기류나 방어구가 그의 몸 이곳저곳에서 나타났다가 사라졌다.

이제 아주 자연스럽게 아이템의 수발이 이루어졌지만, 아직 완전히 만족스럽지는 않았다. 여전히 아이템을 통째로만 빼내거나 넣는 것이 가능했고, 부분적으로 끄집어내거나 넣는 '부분 수발'은 불가능했다.

될 듯, 될 듯하면서 되지 않는다.

부분 수발이 가능해지면 훨씬 다채로운 전투 방식을 취할 수가 있을 텐데 말이다. 검을 검집에서 뽑아내듯, 몸 아무 곳에서나 발검(拔劍)을 할 수 있게 될 터인데…….

동봉수는 계속 연습했다. 그러면서도 앞으로 있을 일이나 계획에 대해 생각을 옮겨갔다.

먼저,

을지태와의 작은 인연이 어떤 변수를 가지고 올 것인가?

장담할 수는 없었지만, 긍정적인 효과로 되돌아 올 것이다. 그에게서 확실한 호의를 느꼈다. 그 호의의 결과가 무엇이 될지는 예측하기 어렵지만, 절대 나쁘지는 않으리라.

또,

종지항의 발견이나, 연영하와의 조우는 또 어떤 변화를 일으킬까?

전자는 특별히 그가 나서지 않는다면 별일이 생기지 않을 수도 있었다.

하지만 연영하와의 만남, 혹은 대립은 싫어도—사실 그리 싫지는 않았지만— 계속될 것이다. 단 한 번의 만남이었지만 서로 용납할 수 없는 존재라는 건 서로의 본능이 느꼈다.

'내가 죽든······.'

그것이 죽든, 둘 중 하나는 이 중원에서 사라져야만 끝날 만남이었다.

한 사냥터에 두 명의 사냥꾼이 있으면 곤란하다. 특히, 서로를 최고의 사냥감이라고 여긴다면 더더욱 그러할 테지.

그를 잡기 위해서라도 이곳, 무림맹에 그 모습을 드러낼 것이다.

함부로 간을 보지 못하게 엄포를 놓기는 했지만, 결국에는 그를 잡으려 들 것이 확실했다. 어쩌면 그때가······ 자신이 신무림 온라인을 끝내야 하는, 마지막 날이 될지도 몰랐다.

그러한 고로, 그것의 다음 행보는 빨랐다.

'천하청비무대회.'

그리고 원래부터 거기에 참가하기 위해 이곳에 나타났을 가능성이 높았다. 그런 것이 아니라면 이곳에 나타나지도 않았을 유형의 괴물이다. 그 연영하란 동물은 말이다.

게다가, 어제부로 더더군다나 천하청비무대회에 목맬 것이다.

그, 동봉수의 가슴에 달린 무림맹의 뱃지를 봤다.

'아마도 내가 천하청비무대회에 참가하리라고 확신하고 있을 터.'

그 대회에서 어떻게든 자신을 사냥하려 들 것이다.

파바바박!

동봉수는 한 번에 십여 가지의 무기를 몸 밖으로 배출하며 계속해서 생각을 이어 나갔다.

'어제 나를 습격했던, 그런 수준의 살객들을 동원할 수 있을 정도라면……'

그것의 뒤에 서 있는 세력 또한 만만치 않을 것이다.

단, 그 세력은 무림맹에 가맹하지 않았을 가능성이 절대적으로 높았다. 왜냐하면, 무림맹에 가맹한 단체의 인물이었다면 굳이 주잔 같은 곳에서 밤을 보낼 어떤 이유도 없었으니까.

그런 유형의 괴물이 무림맹 안에서 다른 사냥감들을

탐색할 수 있는 기회가 있었다면, 그냥 버릴 아무런 이유도 없지 않은가.

동봉수는 하나하나 차근차근 연영하에 대해 분석해 나갔다.

분명, 그 자신과는 또 다른 유형의 비(非)인간이었지만, 그는 연영하의 행동을 자신에 빗대어 계속 생각했다. 그리고 어제의 일로, 자기와 어떻게 다른지 조금이나마 그것의 유형을 파악하기도 했다.

그것…… 그녀는 별 이유 없이 본인의 이름을 얘기해 줬고, 세 번째 만남이라는 '특이한 힌트'까지 줬었다.

이것만 봐도 자신과는 대단히 다른 존재였다.

동봉수에게 사냥은 중요한 취미였지만, 그녀에게는 사냥 그 자체보다는 그 과정에서 느끼는 희열이 훨씬 중요한 듯 보였다. 그렇지 않다면 그런 말을 굳이 해 줄 필요가 없었을 것이다.

아마도 그 모든 과정에서 벌어지는 일을 놀이 같은 걸로 여기고 있는 게 아닐까 추정되었다.

동봉수는 한 번의 짧고 강렬한 만남에서 연영하에 대해 많은 것을 파악했다. 이 작은 차이가 나중에 둘 사이에 벌어질 승부의 향방을 결정지을 중요한 요소가 될지도 모른다.

아직은 어떻게 될지 누구도 몰랐지만…….

어찌 되었건, 연영하라는 괴물과의 눈싸움, 혹은 눈치
싸움이 시작되었다.

둘 중 하나가 죽기 전에는 결코 빠져나가거나 피할 수
없었다. 포식자끼리 눈이 마주쳤을 때는 먼저 눈을 돌리
는 놈이 먹잇감으로 전락한다. 눈을 돌리지 않은 채 상대
포식자의 빈틈을 찾아야 한다. 빈틈이 없다면, 만들어서
라도 상대 포식자를 죽여야 다음 일을 할 수 있다.

다른 방법도 있기는 했지만, 아직은 그것까지 고려할
필요는 없어 보였다.

동봉수는 거기까지 생각하고는 연영하에 대한 생각을
일단 접었다. 그리고 인벤토리술의 연마도 중지했다.

어느새 그의 몸에도 처음에 입고 있던 옷이 걸쳐져 있
었다.

[영안 발동 조건이 만족되어 영안이 자동으로 시전됩니
다.]

[귀하와 10레벨 이상 차이가 나는 적이 20미터 이내
에 접근했습니다. 19, 18, 17…….]

띠링띠링띠링, 띠리리리리링…….

누군지 모를 고수가 그의 방 근처에 다가왔기 때문이
었다.

거리는 점점 좁혀졌고, 어느새 그의 방 바로 앞에 누군

가의 그림자가 어른거렸다.

당연한 일이지만, 동봉수는 전혀 놀라지 않았다. 어차피 이 시간에 그의 방에 찾아올 고수가 누구인지 빤했으니까.

가능성은 둘 중 하나.

'을지태이거나.'

그것도 아니면……

드르륵.

문이 열리며…….

도대체 언제 잘랐는지 모를 정도로 덥수룩하고 긴 머리칼과 턱수염을 가진 중년남자가 들어왔다.

'병괴.'

예상대로였다.

단, 그의 몸에 지저분한 옷 대신 말끔한 청의가 걸쳐져 있다는 점. 그것 한 가지만은 동봉수의 예상을 벗어나 있었다.

"여, 드디어 다시 만났구먼. 나는 네놈이 하도 안 찾아오길래, 이제 신철(神鐵)은 내 거라고 여기고 있었는데 말이지."

"반드시 찾을 거라고 했었소."

"그래, 그랬었지. 토끼면, 찾아서 죽이고 빼앗아 간다고 했었지 아마?"

"원래 내 것이었으니, 빼앗아 간다는 표현은 이치에

맞지 않소."

"새끼, 깐깐하기는. 뭐, 어쨌든 말이야. 그걸 다루다 보니까 생각이 바뀌었어."

병괴는 그렇게 말하며, 품속에 손을 넣었다가 뺐다. 그러자 그의 손에 무려 두 척이나 됨 직한 장도리가 들려 나와 있었다.

"……."

"내가 말이야. 그게 갖고 싶어졌단 말이지."

파바박!

말을 마친 병괴가, 벼락 같이 동봉수를 향해 달려들어 그보다도 더 빨리 장도리를 아래로 내려찍었다. 그 신속함이 과연 우내이십대고수의 일인다웠다.

후우웅—!

장도리의 뭉툭한 부분이 아래로 내려와 있었기에, 만약 이대로 그것이 내려쳐진다면 동봉수의 머리는 그 자리에서 가루가 될 것이 확실했다.

하지만 동봉수는 그저 가만히 지켜볼 뿐 움직일 생각을 전혀 하지 않았다. 지독히도 빨라서 그랬다고 보기에는 너무도 태연했다. 심지어 눈 하나 꿈쩍하지 않았다.

팟—!

일 촌.

정확히 동봉수의 이마에서 손가락 한 마디 정도의 거리에서 장도리가 멈췄다.

"왜 피하지 않는 거냐?"

병괴가 말했다.

동봉수는 여전히 눈을 똑바로 뜬 채 병괴를 올려다보며 대답했다.

"살기와 욕망이 없었소."

일반론이다. 보통의 사람은 죽이려는 의지 없이 남을 죽이지 못하고, 훔치려는 욕심 없이 도둑질을 하지 못한다.

아주 가끔, 정말 아주 드물게도, 특이한 인간들이 있다.

그런 인간 같지 않은 인간들이나 그런 감정 없이도 살인이나 절도가 가능하다. 팔기병광이니 병괴니 하며 세상에서 미친놈 취급을 받지만, 동봉수가 보기엔 그도 일반적인 범주에 속한 정상인이었다. 물론, 엄청나게 강하다는 건 예외적이었지만.

"그 말은 살기가 있었다면 피할 수 있었다는 얘기로 들리는데?"

"그렇소."

"크크큭, 미친놈. 역시 넌 미친놈이야. 하긴 네놈이 아직 내가 누군지 정확히 모르니 하는 말일 테지만, 그것만으로도 대단한 거다. 그래그래. 그럼 피할 수 있었다 치고, 피한 다음 어쩔 생각이었냐?"

"피한 다음……."

"피한 다음?"

"죽였을 것이오."

"흐, 흐하하하하하하! 역시, 역시 재밌는 놈이야. 이러니 내가 네놈을 안 기다릴 수가 없었지. 크, 크하하하!"

병괴는 좋았다. 동봉수가 너무나 마음에 들었다.

단순한 흥미나 호기심을 넘어, 호감이 생겼다.

하지만 그가 모르는 것이 있었으니…….

사실 이 모든 호감의 근원은 동봉수의 연기였다. 자신이 설정한 역할 모델인 '가짜 영웅'의 틀을 벗어나지 않는 선에서 병괴가 좋아할 만한 말과 모습만 보여 준 결과일 뿐이었다.

병괴는 죽었다 깨어나도 그런 사실을 알 수 없겠지만…….

"자, 가자. 이거 네놈한테 죽기 싫어서라도 빨리 보여 줘야 되겠구먼."

뭘 보여 줘야 되겠다는 건지 특정하지는 않았지만, 알 수 있었다. 일전에 맡긴 [초보자의 검]을 녹여 만든 '새 아이템'. 바로 그것이리라.

병괴가 먼저 일어나 문 쪽으로 걸어갔다.

동봉수는 잠시 병괴의 뒷모습을 바라보다가 천천히 자리에서 일어났다.

빠득, 뽀드득.

뼈가 뭉그러지는 듯한 갑작스러운 소리.

멈칫.

동봉수는 이상한 소리에 동작을 멈췄다. 그의 귀가 금세 소리의 근원을 찾아낸다. 미세하지만 파장이 길어지고 있었다. 그에게서 멀어지고 있다는 뜻이다. 그렇다는 건……

드르륵.

문이 열리고 병괴가 고개를 돌려 동봉수를 바라봤다.

"뭐하냐? 빨리 안 따라오고?"

"……"

"아, 이거? 그냥 좀 다듬은 거다. 영감탱이가 맹에서 웬만하면 내 얼굴로 돌아다니지 말라고 해서 말이지."

"나한테는 보여 줘도 괜찮은 것이오?"

"어. 웬만하면이란 단서는 웬만하지 않을 때에는 지키지 않아도 된다는 거 아니냐?"

"……"

"나한테 네놈은 웬만하지 않은 중요한 손님이거든."

아주 짧은 시간 사이, 병괴의 얼굴이 청수한 중년인의 그것으로 바뀌어 있었다.

그리고 그제야 동봉수는 병괴가 가진 여덟 가지 재주 중 한 가지가, 변용이라는 걸 깨달았다.

병괴는 동봉수를 향해 찡긋 눈 하나를 장난스레 깜짝하고는 문 밖으로 발을 내디디며 말했다.

"하지만 이거 비밀이다. 알지?"

"알겠소."

"아, 저놈 저거. 좀 놀란 척이라도 해라. 진짜 더럽게도 재미없는 놈일세그려. 비밀이라고 말한 내가 더 민망하네. 젠장할. 하하하."

재미없다는 둥, 젠장할이라는 둥 그러면서도 크게 웃어 젖히는 병괴였다. 그만큼 동봉수에게 호감을 느꼈다는 뜻이리라.

동봉수는 그저 무표정하게 병괴의 뒤를 따라 입구로 걸어 나왔다.

"이런 썩을 것들. 지랄 맞게도 많이 모여 있네."

역시 얼굴이 청수하게 변한 것과는 무관한 것일까?

병괴의 말투는 여전히 걸레통에 만 시래깃국 같은 걸쭉한 말투 그대로였다.

동봉수가 그의 뒤를 따라 나와서 보니, 병괴의 말대로 사람들이 많이 모여 있었다.

지빈각의 긴 회랑(回廊)이 끝나는 곳을 바라보니 사람들이 바글바글 거리고 있어 아무도 지나갈 수 없을 것처럼 보였다.

천하청비무대회의 신청이 오늘이라, 무화문을 개방했기 때문일 테지.

"뭐, 길이 꼭 땅에만 있는 건 아니지."

병괴가 사방을 둘러보다가 고개를 들어 하늘 위를 올려다봤다. 그것을 본 동봉수는 그가 뭘 하려는 건지 쉬이 짐작할 수 있었다.

"너, 지붕 올라갈 정도 경공은 할 줄 알지?"

"그렇소."

"하긴, 그 정도 잘 가꿔진 몸이라면 외공만으로도 그 정도는 가뿐할 테지."

휙―

그 말을 마친 병괴가 곧장 지빈각의 지붕 위로 날아올랐다.

그리고.

동봉수도 전혀 망설이지 않고 자리를 박차고 뛰어올랐다.

* * *

무림동도 여러분에게 고함.

지난 연간 이어진 천마성의 대대적인 도발로 말미암아 강호가 도탄에 빠졌습니다. 해서 무림맹은 저 패역무도(悖逆無道)한 변방의 마도인들을 물리치기 위해 무림의 신진 호걸들을 등용하려 합니다.

금번 우수(雨水; 24절기 중 하나로 입춘 후 15일째 되는 날)에 즈음하여 정주 청신산 하에서, 다음 세대를 이끌 젊은(삼십 세 이하) 영웅들을 선별하기 위한 비무대회의 신청을 받을 예정이오니, 후기지수(後起之秀)들의 적극적인 참여 바랍니다.

무림맹 제십오 대 맹주 현천.

"사저, 지붕 위에 올라와서 보니까, 정말 무림맹이 한눈에 다 보이네요."

하선향(夏仙鄕)의 말에 화예지는 꺼냈던 무림첩(武林牒)을 다시 품에 넣었다. 하선향의 말 그대로 지빈각의 지붕 위에 올라와서 보니, 무림맹의 이곳저곳이 손에 잡힐 듯 눈앞에 쫙 펼쳐졌다.

아래쪽에 있을 때와 비교해 보면 신세계가 펼쳐진 것과 마찬가지였다. 천하청비무대회의 신청이 시작되어, 지빈각에서 중대로(中大路)로 나서는 길이 이미 사람들로 빼곡히 들어서 있는 탓에 밑에서는 시야 확보조차 전혀 되지 않았던 것이었다.

중대로.

원래부터 무림맹 내에서 가장 복잡한 길이었다.

길의 좌우로 지빈각, 항마전, 극사전, 만무전(萬武殿) 등 무림맹의 대외활동을 전담하는 건물들이 즐비하게 늘어서 있었다. 또한, 내당을 가려면 반드시 이 길을 거쳐야만 했고, 무림맹을 벗어나기 위해서도 반드시 이곳을 지나쳐야만 한다. 한 마디로, 무림맹 내 교통의 최요충지였다.

그런 중대로였지만, 이토록 북적이는 건 무화문을 연 이후 처음 있는 일이리라.

"히야아~ 정말 시장통이 따로 없네요? 아마 첫날이라 그런 것이겠죠?"

하선향이 입을 쩍 벌리며 말했다. 그녀의 말마따나 저 넓디넓은 중대로가 발 디딜 틈, 머리 하나 들이밀 틈도 없이 빡빡하게 들어찬 상황이었다.

그중에서도 무화문 양옆으로 늘어선 여섯 채의 전각 근처에는 사람들이 삼 첩, 사 첩, 혹은 그 이상으로 겹쳐 있었다. 얼마나 복잡한지 이 초봄에 먼지가 뽀얗게 일어나 사람들의 움직임을 제대로 살펴보기 어려울 정도로 어지러운 상태였다.

여섯 채의 건물은 모두 천하청비무대회의 신청을 받고 있는 임시 접수처이리라. 저곳에서 육포가 될 듯이 뭉쳐 있는 이들은 볼 것도 없이 대회에 참가 신청을 하기 위해 기다리고 있는 사람들일 터.

"소림, 무당, 개방…… 모용세가, 하북팽가…… 절강(浙江)의 흑룡문(黑龍門), 강서(江西)의 황보세가(皇甫世家), 해남(海南)의 해남검파(海南劍派), 응?! 저건 동영(東瀛)의 복색인데…… 어?! 저 사람들은 청구(靑邱)

에서 온 것 같고……. 우와— 사저, 정말 많이도 왔네요. 근데 무림첩에는 분명 중원 사람들만 초대한 것 같은데, 참 여러 군데서 다 왔네요?"

중, 도사, 걸인, 화복 상인은 말할 것도 없고, 기이하게 양쪽으로 쭉 찢어진 신을 신은 자들, 상투를 틀어 올린 사람들 등 각지의 사람들이 모두 모여 있어, 현 무림맹은 가히 천하인의 집합체라 해도 과언이 아닌 듯 보였다.

"네 말대로 정말 구름 같이 사람들이 모여들었구나. 그렇지만 내 생각보다는 적은 것 같아."

화예지가 살짝 고개를 갸웃하며 말했다.

물론 엄청나게 많은 사람들이 운집(雲集)했다는 것만은 부인하기 어려웠지만, 자기가 예상했던 것보다는 적다고 느꼈다. 아직 아침인 걸 감안해도 말이다.

정말 오래 간만의 비무대회였고, 그 개최주체가 현 강호를 주도하고 있는 무림맹이라는 건 정말 엄청난 기회의 장이 이곳에 열렸다는 뜻이다. 게다가 오늘은 그 신청을 위한 첫 번째 날이기도 했다.

"저게 적은 거라고요?"

하선향이 봉목(鳳目)을 동그랗게 뜨며 말했다. 혀까지 쏙 내미는 모습이 자못 귀여웠다.

"그래. 아마 어젯밤 정주 시내에서 있었다던 귀신 사건 탓일 테지. 하지만 큰 영향이 있는 건 아닌 것 같아.

어차피 참가 신청을 할 무림인들은 대부분 들어온 것 같고, 구경꾼들이 많이 줄어든 탓일 테지."

"아? 그 귀신이 나왔다는 그 소문요? 음! 그렇군요!"

"그래. 말도 되지 않는 소문이지만, 일반 서민들한테는 그런 일이 실제로 다가오기도 하고 또 무섭기도 할 거야."

"이야아— 그럼 구경꾼들까지 전부 들어왔다면 정말 숨 쉴 공간도 없을 정도로 빽빽이 들어찼겠군요?"

"아마도 그랬을 테지."

화예지는 하선향의 말에 대꾸를 하면서도 계속해서 여기저기를 훑듯이 빠르게 살펴보고 있었다.

'아직 오지 않은 거야?'

혹시 천하청비무대회에 참가하지 않는 것은 아니겠지? 설마 서른 살이 넘은 것은 아닐 테지? 혹여 아예 정주로 오지 않은 것은 또 아닐까?

'종…… 지…… 항…….'

그녀는 그와 만난 이후 단 한순간도 그를 잊지 못했다. 그의 강렬한 인상이 그녀의 마음을 지금껏 뒤흔들고 있던 것이다.

이 기묘한 심장 떨림의 정체가 뭘까? 그것이 알고 싶어 그가 이곳에 나타나길 고대하고 있었다. 그 때문에 혹시나 그가 이곳에 나타나지 않을 가능성에 대해 걱정하는 중이었다.

"어? 사저, 저 사람은 그때 그 사람 아니에요? 이름이……."

갑자기 하선향이 손가락으로 저 멀리 내당 쪽을 가리키며 소리쳤다.

화예지는 종지항을 찾고 있었기에 하선향의 소리침에 아랑곳하지 않고 접수처 근처만 주목하고 있었다. 내당 쪽은 어차피 구대문파나 사대세가의 손님 혹은 무림맹의 수뇌부급 인사들이나 들락날락 하는 곳이니, 종지항 같은 이름 없는 뜨내기가 그쪽에서 나올 리가 만무하지 않을…….

"종…… 종…… 뭐였더라?"

응? 종……?

"종지항?!"

"아! 맞다! 종지항! 그런 이름 이었…… 어, 어? 사저?"

하선향의 말에 화예지가 다급히 내당 쪽을 바라봤다.

한데, 하선향의 머리가 그녀의 시야를 가리고 있어, 잘 보기 어려웠다.

팟—!

화예지는 급히 하선향의 머리를 타 넘어 반대쪽 건물로 날아 넘어갔다.

그쪽은 남자 빈객들을 위한 지빈각 건물이 있는 쪽이 었지만, 그녀는 아랑곳하지 않았다. 평소 화산파에서도 마음대로 행동하던 화예지였다. 장문인의 딸인지라 화산파 내에서는 거칠 것이 아무것도 없었고, 그 성향은 외지에 나와서도 그대로였던 것이다.

고작 남자용 숙소 지붕에 오르는 일쯤이야.

그녀에겐 아무런 문제가 되지 않았다.

휘리릭—

멋진 세류표(細柳飄)의 신법이 펼쳐졌다.

비록 제멋대로, 천방지축, 안하무인(眼下無人)인 화예지였지만, 그 무공 실력만큼은 오봉(五鳳)의 일인에 꼽힐 정도로 출중했다.

한데!

휘이익!

누군가 그녀를 향해 갑자기 날아 올라왔다. 그것도 무려 두 명이나!

한 사람은 그녀보다 앞서, 남자들이 지내는 지빈각 지붕 위에 올라섰고, 다른 한 사람은 그녀가 날아오르는 순간에 딱 맞춰 절묘하게 위쪽으로 뛰어 올라오고 있었다.

"……!"

앞머리가 무척이나 긴 남자였다. 그의 긴 앞머리가 위쪽으로 도약하면서 바람에 거칠게 좌우로 휘날리고 있었다. 그사이로 보이는 그의 양눈과 화예지의 눈이 정면으로 딱 하고 마주쳤다.

그녀의 눈이 아래로, 그의 눈이 위로.

지독히도 무심한, 그러면서도 흔들림 없는 그의 눈이 그녀를 향해 점점 커져갔다.

"아!"

화예지는 이미 세류표의 신법을 완전히 펼친 상태라 몸을 다른 방향으로 비틀거나, 하선향이 있는 여자용 지빈각으로 되돌아 날아갈 수도 없었다. 그런 일은 그녀의 아버지인 화산파 장문인이라도 불가능한 수준이었다.

이대로라면 누군지 모를, 저 남자와 그대로 부딪힐 판!

한데, 바로 그 순간!

무감정한 눈을 가진 그 사내가 아주 적절하게 손을 뻗어 그녀를 자연스레 안아 들었다. 그 수법이 매우 신묘해서 그녀의 움직임에 아무런 거부감 없이 섞여, 아니, 녹아들었다. 원래라면 그의 날아오르는 도약력과 세류표의 기세가 서로 충돌하며 큰 사단이 벌어져야 정상인데…….

그는 버들잎처럼 흘러가는 그녀의 몸을 아무 거리낌 없이 안아 들었고, 또 그 흐름에 전혀 거스르지 않은 채 본인의 신법을 그대로 이어 갔다.

그 흐느적거리는 신법이 마치 세류표처럼 느껴지는 건…… 화예지 혼자만의 착각일까?

휘릭—!

착.

"휘유— 네놈은 정말 놀라움 그 자체로구먼. 세류표의 신법과 부딪혀서도, 그 한순간에 임기응변을 발휘해 그 기세를 그대로 흉내 내다니. 클클. 그 재능을 가지고도 용병 같은 걸 하고 있었다니. 안타깝다, 안타까워."

먼저 지붕에 올라와 있던 중년인이 화예지를 안은 사내에게 말했다. 중년인은 놀랍게도, 한눈에 그녀가 펼친 신법이 세류표인 걸 알아챘다. 더욱 놀라운 건……

'정말로 세류표를 따라 한 거야?'

확신할 수는 없었지만, 한 번 보고 세류표를 읽어 낼 정도의 고수가 한 말인지라 믿지 않을 수도 없었다.

화예지는 놀란 상황에서도 신기한 눈으로 자신을 안고 있는 사내를 올려다봤다. 이미 그의 얼굴에는 다시 머리 칼이 내리덮여 있어 아까와 같은, 그 무심한 눈을 볼 수는 없었다.

분명 꽤 잘생긴 얼굴이었고, 특이한 눈빛이었는데……

그녀는 자기가 그러고 있는지도 모른 채 한참을 그렇게 올려다봤다. 꼭, 얼마 전 종지항을 마주친 그때처럼.

"크큭. 저 낭자가 네놈이 꽤나 마음에 든 모양이다. 아주 손을 놓칠 못하는구먼."

"……어멋!"

중년인의 말을 듣고서야, 화예지는 생면부지의 남자 품에 자기가 안겨 있다는 걸 깨달았다.

그에 그녀는 다급히 팔을 놓았다.

콰당.

"아얏!"

사내가 이미 그녀의 등을 받치고 있던 손을 놓았던지 그녀는 그대로 지붕의 기와에 무방비 상태로 엉덩방아를 찧고 말았다.

사내는 땅에 넘어진 그녀를 슥 한 번 보고는 그대로 중년인 쪽으로 걸어갔다.

"야 이놈아. 네놈은 저런 미인을 그렇게나 거칠게 다루면 쓰느냐?"

"팔을 놓은 것은 그녀였소."

"쯔쯔쯧. 전형적인 나쁜 놈이로구먼. 평생 계집애 손 한 번 제대로 못 잡아 볼 놈이로세. 어이, 거기 소저."

"……네, 네?"

화예지는 자기도 모르게 얼결에 대답했다. 너무 어이가 없는 상황인지라, 멍한 상태에서 그냥 튀어나온 대꾸였다.

왜 그런지도 몰랐다. 사실 화산파에서는 그 누구도 그녀에게 저렇게 건방지거나 무례하게 얘기하는 사람이 없어서 그런 것이었을는지도 모른다.

"내가 대신 사과드리지. 이놈이 워낙에 거칠고 냄새나는 북방에서 살던 놈인지라 예의란 걸 전혀 모른다네. 아름다운 낭자가 이해해 주시게."

"……아, 네. 네……."

하나, 그녀는 그냥 대충 대답하고는, 사내를 쳐다봤다.

하지만 그는 이미 그녀에게서 시선을 거두고 저 멀리 아래, 중대로 쪽을 내려다보고 있었다.

그녀는 자기도 모르게 그가 바라보는 쪽으로 똑같이 시선을 옮겼다. 그리고 그제야 왜 자기가 이쪽으로 넘어오려고 했는지, 생각이 났다.

'종지항!'

사내는 종지항을 보고 있었다.

확실히 여자들 숙소 지붕에서 이쪽, 남자용 지빈각으로 넘어오니 종지항의 압도적인 풍모가 잘 보였다. 그리고…….

'아닌가? 저 여자를 보고 있는 건가?'

종지항의 옆에, 필설로 형용하기 어려울 정도로 아름다운 여인이 같이 걸어가고 있었다.

사내의 눈이 머리칼에 가려져 보이지 않았기에 종지항을 보고 있는지, 아니면 저 여인을 보고 있는지, 아니면 둘 다 보고 있는지 그녀로서는 알 길이 없었다.

'근데, 저게 인간이야? 선녀야?'

종지항의 옆에서 걷고 있는 여인은 아름다웠다. 아니, 아름답다는 말로는 도저히 표현할 수가 없었다.

맑은 밤하늘을 닮은 것 같은 짙은 아미, 만고의 장인이 다듬은 듯 매끄러운 콧날, 앵두를 물에 풀어 적당히 묽힌 듯한 색을 가진 입술, 둥근 듯 둥글지 않은 적당하고 윤곽이 뚜렷한 턱, 윤기가 자르르 흐르는 긴 머리칼이며 홍

조를 띤 피부색, 긴 목과 늘씬한 몸매…….

인세의 존재라고는 생각되지 않을 정도로 아름다운, 그리고 완벽한 여인이었다.

화예지의 얼굴이 갑자기 화끈 달아올랐다.

자신 따위가 섬서제일미라는 소리를 들었다는 것 자체가 초라하게 느껴졌다. 또한, 거기에 자부심을 가지고 있었다는 사실 또한 너무도 부끄러웠다.

백청색 비단을 입고 사뿐사뿐 걷는 저 자태.

가히 선녀가 아닌가?

화예지의 가슴에 생채기가 났다. 단지 한 번 본 것뿐인데…….

"이햐— 확실히 중원에 나오니 아가씨들의 급이 다르지? 너 인마. 저 낭자가 누군지 아냐?"

중년인의 질문에 사내가 잠깐 그쪽을 바라보다가 천천히 입을 열었다.

"알고 있소. 아주 잘."

사내는 한 손을 들어 앞머리를 살짝 치우면서 말했다.

그, 동봉수는 저 여인, 아니, 여자의 탈을 쓴 저자에 대해 이곳의 누구보다도 잘 알고 있었다.

"남궁혜."

'도허옥.'

* * *

무림선아(武林仙娥).

무림의 선녀를 지칭하는 말이다. 간단한 듯 보이지만, 많은 의미를 내포한 단어이다.

흔히 중원에서는 한 지역에서 가장 아름다운 사람을, 무슨무슨 제일미(第一美)라는 식으로 묘사한다.

이 무슨무슨의 자리에 한 지역의 명칭이 아닌 강호 전체를 뜻하는 무림이라는 말이 들어간다면? 게다가 그 뒤에도, 제일미가 아닌 선아(仙娥)라는 말이 쓰인다면?

무림 최고의 미재녀(美才女).

무림에서 제일 아름다우면서도 재주 또한 탁월한 여인. 그것이 바로 무림선아였다.

어찌 보면 굉장히 광오하기도 한 별호였지만, 역대 이 칭호를 받아 온 여고수가 여럿 있었다. 그러다가 근 백여 년간 여자 무림인들의 활약이 저조해지면서 사라진 별호였다.

그러다가 최근에 이 별호를 이어받은 여인이 나타났다.

남궁혜.

혼례를 코앞에 둔 어느 날, 천마성과 장강십팔수로채의 기습 공격으로 하루아침에 세가가 멸문하고, 너무나도 사랑하는 약혼자와 가족을 전부 잃은 여자.

세상의 불운을 그 한 몸에 모두 간직한 여자.

당연한 일, 마땅한 예견이지만, 처음에는 누구도 그녀가 이리 대단한 여자인지 알지 못했다.

어쩌면…….

원래부터 대단한 여자였을지도 모른다. 단지, 그녀의 가문이 워낙 크고 대단해 그녀 본연의 재주가 가려졌던 것인지도…….

안휘대살겁(安徽大殺劫)이 있기 이전, 남궁혜에 대해 알려진 건 그저 안휘에서 가장 아름다운 여자, 혹은 남궁세가주의 착하고 현숙한 차녀.

그것이 전부였다.

그래서, 그녀가 가문과 약혼자의 복수를 다짐하며 무림맹의 한 팔이 되고자 했을 때,

네까짓 게…… 도허옥의 내공을 이었다고는 해도 여자로서 어떻게 극양(極陽)의 무공인 뇌정도를 쓰겠느냐…… 반반한 얼굴 하나 가지고 뭘 하겠다고…… 등등.

모두들 그녀의 객기를 말리거나 비웃었다. 누구도 그녀의 활약을 예상하지 못했다.

그러나.

남궁혜는 세인들의 당연한 예상을 당연하지 않게 깨뜨려 버렸다.

그녀는 현천진인의 전폭적인 지지를 등에 업고, 무림맹의 군사(軍師) 중 한 명이 되어 여러 가지 일을

해냈다.

중원 곳곳에 숨어 있던 천마성 지부를 찾아내는 데에 지대한 공헌을 했을 뿐만 아니라, 천마성과의 전투에서도 기상천외한 전술과 뛰어난 결단력 등으로 위기에 빠진 무림맹을 여러 번 구했다.

흑백대전 개전 초기에 천마성의 기세가 워낙 파죽지세였기에, 그녀의 가세와 활약은 더더욱 무림맹에 크게 다가왔다.

천마성에 극도로 밀리며 감숙무림까지 무너졌을 때, 그녀가 없었다면 백도가 완벽하게 끝장이 났을지도 모른다고 말하는 사람까지 있을 정도였다.

선녀 같이 아름다운 외모.

예측을 불허하는 지략.

게다가 도허옥의 무공까지.

가히 무림 최고 재녀로의 재탄생이었다.

그렇게 남궁혜는 무림맹의 여러 군사들 중에서도 가장 주목받는, 무림선아가 되었다.

무림선아, 남궁혜는 사람들의 환호에 천상의 미소로 화답했다.

저들의 기대에 부응해 주는 것은 필요한 일이기도 하고, 쉽고 효과 좋은 '포장술'이기도 하다.

사람들은 그럴듯한 껍데기에 환호한다. 지금도 마찬가지다. 조금—어쩌면 좀 많이— 예쁜 외모에 혹해 자신의 본질은 보지 못한 채 열광하고 있었다. 다르게 생각하면, 그만큼 자신의 연희(演戱)가 훌륭하다는 방증이었지만.

그런데 지금 그녀의 옆에서 느릿느릿 걷고 있는 남자는 무슨 생각을 하고 있는지, 잘 속아 넘어가고 있는지 전혀 알 길이 없었다.

'후후. 이번 변수는 제대로군.'

어제 무림맹으로 들어온 '두 변수' 중 하나는 진짜배기인 것 같다.

"소협의 존성대명(尊姓大名)을 물어도 될는지요?"

남궁혜가 물었다.

"종지항. 아마도…….."

처음 듣는 이름이었다. 그녀의 머릿속에 입력되어 있는 무림명부(武林名簿) 그 어디에도 없다.

남궁혜는 다시금 화사하게 웃었다.

그녀를 쳐다보던 대부분의 젊은 무림인들이 쓰러질듯 휘청거렸다. 무림선아라는 심상(心像)은, 남궁혜라는 아름다운 껍데기에 더해져 청년들을 강하게 유혹한다.

가까이 다가갈수록 더욱더 그녀의 영향력이 커질 수밖에 없었다. 그래서 그녀와 종지항이 앞으로 나아감에 따라 인파가 양쪽으로 쫙 찢어져 갔다.

그런데, 그녀의 옆에서 걷는 종지항은 그런 미묘한 흐

름에 아무 관심도 없는 듯 그저 조용히 따라 걸을 뿐이었다.

"실례가 되지 않는다면……."

"하지 마시오. 실례가 되면."

"……."

건방지다.

그래서 남궁혜는 또 살짝 웃었다.

젊은 놈들은 그녀가 왜 웃는지도 모르고, 재차 뒤집어진다.

멍청하다.

건방진 놈과 멍청한 녀석들.

그녀는 전자가 훨씬 흥미로웠다. 하물며 전자가 월등히 강한 바에야 더 언급할 가치가 있나?

옆에서 걷기만 하는 데도 종지항이란 남자의 기도가, 숨이 막힐듯 그녀의 심장을 조여 왔다. 이 주변에서 뭣도 모르고 남궁혜라는 가면에 껌벅 죽는 허수아비들을 모두 합친 것보다 훨씬 강할 것 같았다.

어쩌면…….

'저기서 줄 서 있는, 저 묵직한 녀석 정도 되지 않을까?'

남궁혜의 시선이 저 긴 줄 맨 앞줄에 있다가 지금 막 천하청비무대회의 신청을 위해, 임시 접수처로 쓰이는 전각 안으로 들어가고 있는 사내에게 향했다.

왼쪽 뺨을 가르는 독특한 자상을 가진 흑의경장사내.

저자의 중원에서의 이름이 뭔지는 알 수 없지만, 그의 본래 이름, 아니, 별호라고 해야 할까? 그건 그녀가 아주 잘 알고 있었다.

'광운.'

*　　*　　*

성휘(成輝).

광운은 바깥에서 들려오는 떠들썩한 소리를 한 귀로 흘리며 두 글자를 신청서에 적어 넣었다.

무본의 십팔운(十八雲)이 된 이후, 모두 잊고 있었다고 생각했었는데…… 아직 다 잊은 건 아니었나 보다.

감숙성가장(甘肅成家莊).

이름 밑의 빈 공간에는 또 다른 익숙한 세 자를 썼다.

그의 신청서를 받아 든 접수담당 무사가 탁자 구석에 놓인 가맹문파명부(加盟門派名簿)를 펼쳤다. 그는 명부를 여러 번 뒤진 후 고개를 갸웃거리며 말했다.

"감숙성가장? 이거 무림맹에 가맹된 문파가 맞소이까?"

광운의 왼쪽 뺨이 씰룩거렸다. 그에 길게 찢어진, 그의 흉측한 상처가 용틀임한다. 그 모습이 자못 위협적이었다.

어딘지 모를 매서운 기세다. 무사는 침을 한 번 꼴딱 삼키고는 다시 한 번 가맹 문파 목록을 뒤졌다.

한참을 뒤진 그가 마침내 감숙성가장이라는 글자를 찾았다.

한데, 이번에도 뭔가 이상한지 고개를 갸웃하며 말했다.

"아! 여기 있구려. 그런데 여기 빨간 줄이 그어져 있는데……?"

적선(赤線)은 죽음을 의미한다. 문파명에 붉은 선이 그어져 있다면 문파의 죽음, 즉, 멸문을 뜻한다. 그래서 애초에 찾을 때 빨간 줄이 그어진 글자는 보질 않았었다.

그래서 무사가 고개를 갸웃한 것이었다. 멸문한 문파의 후손이 참가 신청을 한 것은 처음 있는 일이었으니까.

"문제가 되는 것이오?"

광운이 말했다. 모래로 벽을 긁는 듯 지독히도 듣기 싫은 목소리였지만, 묘하게도 묵직한 음성이었다.

무사는 광운을 슬쩍 한 번 올려다보고는 조심스레 말했다.

"아니오, 아니오. 여기 찍힌 감숙성가장의 인장(印章)과 독문절기인…… 음? 이거 지워져 있어서 잘 알아볼 수가 없네?"

무사의 말마따나 감숙성가장 소속임을 증명할 독문절기의 이름이 거의 지워져 있어서 알아보기 어려웠다.

하지만 광운은 그걸 알아본 것인지 거친 목소리로 말했다.

"성가팔식(成家八式)."

광운의 말을 듣고 나서 다시 보니 얼추, 아니, 확실히 그 글자가 맞는 것 같았다. 그에 무사가 고개를 끄덕이며 말했다.

"아, 그렇구려. 그럼 이제 여기 도장을 찍고 성가팔식을, 아니, 성가팔식은 됐소. 어차피 내가 봐도 모를 테니, 펼칠 필요는 없을 것 같소. 당신이 이 글자가 성가팔식이라는 걸 알아봤다는 사실만 해도 감숙성가장의 후인이 맞을 것이 아니오? 하하하."

성가팔식을 안다는 것. 그것만으로도 성가장의 후인이다…….

굉장히 치욕스러운 말이었지만, 무사는 자신이 어떤 실수를 저지르고 있는지도 인지하지 못하고 있었다.

광운의 몸에서 순간적으로 지독한 살기가 뻗쳤다가 사라졌다. 하지만 이곳의 누구도 그 기운을 감지하지 못했다. 아니, 할 수가 없었다. 그럴 만한 고수가 없었으니까.

광운은 말없이 품에서 낡은 도장 하나를 꺼내 신청서 하단에 찍고는, 무사에게서 천하청비무대회의 신청 확인표를 받고서는 그대로 몸을 돌려 그곳을 빠져 나갔다.

그가 나간 후 무사가 낮은 목소리로 투덜거리며

말했다.

"……다 쓰러진 문파 출신 새끼가 분위기는 더럽게 잡네. 재수 없게스리."

무사는 광운의 신청서를 대충 접어서는 신청서가 잔뜩 쌓여 있는 더미 위에 아무렇게나 올렸다.

그러고는 짜증 섞인 목소리로 말했다.

"다음."

*   *   *

연영하는 아이처럼 입을 헤— 벌리며 북적이는 사람들 뒤에 서서 즐거운 듯 천진난만하게 웃고 있었다. 비단 조금 전 느꼈던 강렬한 살기 때문만은 아니었다.

그저 이곳, 이 더럽고 오염된 곳에 서 있다는 사실 자체가 무척 즐거웠다.

"노백. 여기 엄청 재미있는 인간들 많이 있어. 역시 중원이야! 운남에서는 한 명 찾기도 어려운 미친놈들이 지천에 널려 있어."

도처에서 난무하는 광기와 활화산처럼 끓어오르는 욕망, 주체하지 못해 몸 밖으로 여과 없이 배출되는 탐욕.

좋다, 좋아! 아주 좋다고!

[죽여라. 모두 죽여라.]

천살기도 그녀와 마찬가지로 미치광이들의 정제되지 않은 감정들에 광분하고 있었다.

"아~ 이 향기 정말 좋네. 그래서……."

"……."

"다 죽여 버리고 싶어. 정말로. 훗."

장난스러운 말. 하지만 그게 장난이 아니라는 건 그녀의 뒤에 그림자처럼 서 있는 키가 큰 노인은 누구보다도 잘 알고 있었다.

"오늘은 사람이 너무 많습니다. 내일 다시 오는 게 어떻겠습니까?"

노인의 음성은 그의 음울한 얼굴만큼이나 낮고 그늘졌다.

"에이~ 그건 아니지, 노백. 내가 방금 말하지 않았어? 미친놈들이 지천에 널려 있다고. 지금 신청을 하지 못하더라도 그냥 좀 더 여기 있으면서 이 냄새나 더 맡자. 으흠~ 여기 공기 얼마나 향기로운가 말이야, 안 그래?"

"……."

"그리고 말이야. 그놈도 어딘가에 있을 거야. 어쩌면 지금도 나를 지켜보고 있을지도 모르지. 그……."

무색 무미 무취한 인간. 하지만…… 또한 위험한 인간. 귀중귀(鬼中鬼), 동광천.

그를 생각하자, 연영하의 눈이 다시금 시꺼멓게 변색

되고 있었다.

"아가씨……. 어서 돌아가셔야겠습니다……."

그걸 본 노백이 급히 허리를 숙이며 그녀에게 말했다.

그의 손끝이 부르르 떨리고 있었다. 그만큼 혹여나 벌어질지도 모를 사태에 대해 걱정하고 있는 것이었다.

연영하는 노백의 반응에 자기 눈이 지금 어떻게 변했는지 여실히 알 수 있었다.

그녀는 피식 웃으며 노백의 옆구리를 가볍게 툭 치고는 그를 스쳐 지나 무화문 쪽으로 걸어갔다.

"아, 알았어, 알았어. 아직은 아니지. 벌써 터뜨리면 너무 시시하잖아. 가, 가. 돌아가. 대신 제대로 된 먹잇감 물어 와. 지난 밤 그것들은 너무 맛없었어. 좀 맛난 걸로 물어와. 안 그러면…… 이번에는 널 먹을지도 몰라, 노백."

"……네. 알겠습니다."

물론, 이번에도 그녀의 말은 농이 아니었고, 그 사실을 노백은 너무도 잘 알고 있었다.

타닥, 타닥.

"룰루루~"

그녀는 가볍게 하나 둘, 하나 둘 경쾌하게 발을 맞춰 가면서 무화문을 벗어났다. 마치 새로운 장난감을 얻은 어린아이처럼.

*　　*　　*

그런 그녀를 주목하는 눈이 한 쌍 있었다.

모두들 남궁혜와 종지항을 주목할 때, 그 흔들림 없는 두 눈만큼은 그녀를 보고 있었다. 아니, 보다 정확히는 모두를 보고 있었다.

그의 눈은 남궁혜와 종지항, 광운, 연영하를 지나 중대로 전체를 감쌌다.

그의 눈에 사람들의 인상착의가 마치 사진을 찍듯 쭉 들어왔다. 빨려 들듯 그의 머릿속에 그 모든 모습들이 박혀 들어 데이터화 되었다.

"뭘 그렇게 열심히 보고 있느냐?"

"사람들."

먹잇감, 사냥감, 그리고.

살 떨리도록 흥분하게 만드는…….

"왜? 네놈도 저 녀석들을 보니까 천하청비무대회인지 뭐시긴지 하는 것에 관심이 생기느냐?"

미치광이들.

동봉수는 그것들에게 언제나 관심이 있었고, 앞으로도 영원히 그럴 것이다.

왜?

그것들이 없으면 살아가는 의미가 없으니까. 사냥꾼은 사냥을 하기 위해 태어났으니까.

"그렇소."

"네놈을 무시하는 건 아니다만, 그럭저럭 쓸 만한 정도의 외공만으로는 저기 있는 녀석들의 상대가 되지 못한다. 그래도 괜찮으냐?"

동봉수가 시선을 돌려 병괴를 바라봤다.

그 뒤쪽으로 화예지와, 언제 넘어왔는지 모르지만, 하선향도 보였다. 그녀들도 동봉수의 대답에 관심이 있는지 주의를 기울이고 있었다.

역시 인간들은 이상했다.

그가 가만히 있는데도 관심을 가진다. 사실 요즘 그의 모습은 크게 보호색을 띤 형태도 아니었다. 본능을 뺀 본연의 그에 꽤나 가까운 모습이랄까?

가만히 있어도 평범하지 않다는 것. 그게 나쁘거나 귀찮지 않은 건 어찌 되었건 요즘이 처음이다.

그렇다고 가면을 완전히 벗은 건 아니었다. 가면을 벗는 순간, 저들은 그가 자신들과 완벽하게 다르다는 걸 알게 될 테니.

"그럭저럭 쓸 만하지 않소."

"그렇다면 더욱 문제 아니냐? 그럭저럭 쓸 만한 정도도 되지 않는데, 천하에서 날고 기고 헤엄치는 녀석들이 참가하는 비무 대회에서 힘을 쓸 수나 있겠는가 말이다."

동봉수는 다시 한 번 중대로에 고개를 돌리며 무심하게 말했다.

"그럭저럭 쓸 만한 정도였다면 이곳까지 오지도 못했을 것이오."

그의 말에 병괴, 화예지, 하선향의 표정이 모두 묘하게 변했다. 평범하지 않고 강하다는 뜻이기는 한데, 그의 말투가 너무 평이했기 때문이었다.

내용은 잘난 척하는 건데, 절대 그렇게 들리지 않는 밋밋한 말투.

애매했다. 그리고 뭔가 이해가 가지 않았다.

특히, 병괴는 더욱 그랬다.

그가 아는 한도 내에서 외공만으로는 절대 뛰어난 고수가 될 수 없었다. 한데, 왠지 모르게 믿음이 가고 흥미가 갔다.

저…… 녀석.

근데 그러고 보니 아직도 이름을 몰랐다.

"어이, 네놈."

동봉수가 고개를 돌려 병괴를 바라본다. 여전히 앞머리 때문에 눈이 보이지 않는다.

"이름이 뭐냐?"

"동…….."

봉수.

"광천."

그러고는 다시 중대로에 시선을 돌렸다.

그런 그의 뒷모습을 보며 셋 모두 동광천이란 이름을

되뇌었다.

동봉수, 그의 본명은 여전히 아무도 몰랐다.

그는 아직 자신의 이름을 찾지 못했다. 찾을 필요도 없었고, 그럴 만한 이유도 없었으니까.

계절 가운데 가장 잔인하고 가장 아름다운 봄이 왔다. 그리고 어둠 속에 숨어 있던 미치광이들은, 구름과 그림자들 속에 스며든 채 이곳, 정주로 모여들었다.

第十九章

신철(神鐵)

絶
世
狂
人

　있을 수 없는 일이란 있을 수 없다. 그렇게 믿기에 나는
한 발짝 더 앞으로 나아갈 수 있다.

— 아무개

＊　　＊　　＊

　"지금 신청할 거냐?"

　병괴가 동봉수를 슬쩍 한 번 바라본 후 물었다. 신청이
란 당연히 천하청비무대회에 대한 신청 접수를 말함이었
다.

　동봉수는 다시 중대로 쪽을 쭉 돌아봤다. 여전히 구경
꾼과 신청자들이 혼재되어 어지러운 상황이었다. 단, 종

지항과 남궁혜가 지나가는 길 근처만 좀 여유로운 편.

"언제가 마감일이오?"

대회 신청이 가능한 날이 오늘만은 아닐 것 같아 물어보는 것이었다. 혹, 그렇다면 굳이 오늘 대회 신청을 할 하등의 이유가 없었다.

"몰람마. 그걸 내가 어떻게 알겠느냐? 저 낭자들이라면 또 모를까?"

병괴가 턱짓으로 뒤쪽의 화예지와 하선향을 가리키며 말했다. 그의 말에 동봉수가 고개를 돌려 화예지와 하선향을 쳐다봤다.

머리가 살짝 날리며 그의 무심한 눈이 살짝 드러난다.

움찔.

그녀들의 몸이 가늘게 떨렸다.

그걸로 그녀들이 이미 동봉수의 역할극에 꽤나 깊이 빠져 있다는 것을 알 수 있었다.

"……"

"십 일이요. 신청 접수 십 일, 대회의 시작은 보름 뒤."

십 일의 여유. 역시나 오늘 신청할 필요는 없을 듯했다.

또한, 대회 시작은 보름 뒤인 경칩(驚蟄).

동봉수는 하선향이 준 두 가지 정보를 머릿속 깊숙이 담아 놓고는 인사치레를 했다.

"고맙소, 어쨌든."

"헤헤— 뭘요."

쑥스러운지 코밑을 살짝 비비며 대답하는 하선향이 제법 귀여웠다. 물론, 동봉수의 눈이 아닌, 세인들의 일반적인 눈으로 봤을 때 그럴 것이라는 짐작이다.

하선향은 초승달처럼 휘어지는 눈을 반짝반짝 빛내며 동봉수를 유심히 살펴보고 있었다.

관심이 있음이 틀림없었다. 그 관심의 단초는, 조금 전 동봉수와 화예지가 허공에서 부딪힐 그 순간, 그의 움직임과 대처였다.

동봉수는 이미 이곳 세상의 사람들, 특히 무림인들이 무엇에 관심이 있고 어떻게 해야 좋아하는지 본능적으로 알고 있었다.

이곳의 여자들이 특별히 뭘 좋아하는지, 어떤 남자에게 호감을 느끼는지에 대한 조사 또한 하지 않았다. 그렇지만, 지금의 반응으로 봤을 때에는 저쪽 세상의 여자들과 크게 다르지는 않은 듯하다.

능력 있고 비전 있는 남자.

쉽게 설명하면 이렇다.

이 얼마나 간단명료한가. 보편적인 진리이다.

최소한 동봉수가 두 세계에서 느낀, 우주 법칙이다.

인간은 복잡한 동물이면서도, 또 한편으로는 스스로를 굉장히 단순화시키는 경향이 있다. 그래서 동봉수 같은 인간이 그네들을 속이는 게 쉬워진다.

지금 그의 앞에 놓은 두 '여자 인간' 도 마찬가지로 스스로를 매우 단순화시키고 있었다. 그래서 동봉수가 심어 주는 간단한 환상에 이리도 쉽사리 현혹되고 있었다.

저쪽 세상의 능력은 돈과 권력.

이쪽 세상의 그것은 힘과 무공.

출신 같은 건 어느 세상에서건 중요할 테지만, 그걸 동봉수는 신비함으로 커버하고 있었다.

스스로의 약점을 잘 알기에 더 드러나지 않게 포장하고 감추고, 연기에 신중을 더한다.

그가 보여 준 약간의 힘과 무공, 그리고 비전에 준하는 재능, 또 마지막으로 옆에 있는 병괴라는 악세사리가 거기에 신묘함까지 더해 준다.

아직 이 여자들의 관심이 호감이나 연모가 아닌 호기심 또는 관심에 불과했지만, 앞으로는 또 어떻게 될지 모른다. 필요하다면 여기에서 좀 더 감정을 고조시킬 수도 있음이었다.

물론, 아직까지는 더 나아갈 필요가 없었다.

필요할 때, 적재적소에 해야 한다.

그리고.

아직은 아니었다.

"아, 이 자식 이거. 진짜 평생 여자 손 한 번 못 잡아 볼 놈일세그려. 고마우면 그냥 고마운 거지. 어쨌든은 또 왜 붙이냐? 붙이길? 쯧쯧."

병괴가 혀를 차며 동봉수의 퉁명스러운 말투와 추임새를 지적했다.

동봉수는 슬쩍 병괴를 한 번 보고는 금세 고개를 다시 돌렸다.

손을 잡아 본 적이 없다는 것까지는 알 수 없었지만, 제대로 된 연애를 해 본 적이 없는 남자다.

여자를 모른다. 몰라도 너무 모른다.

방금 그 거친 말투와 추임새 덕에, 그녀들의 눈에 흐르는 자신에 대한 관심의 정도가 깊어졌다는 것도 전혀 읽지 못했다.

주변 분위기와 환경에 따라 나쁜 놈이 멋진 놈이 된다는 기본적인 것도 모르다니.

어쩌면 병괴는 평생 여자 손목 한 번 제대로 잡아 보지 못했을지도 모른다. 또 어쩌면 저쪽 세상 말로 모태솔로일지도 모르지.

동봉수가 알 바는 아니었지만.

팟!

동봉수는 병괴의 혀 차는 소리를 뒤로 하고 내당 쪽 한산한 길 쪽으로 급작스레 도약했다.

"저, 저 자식이! 어른이 말씀하시는데!"

병괴가 소리쳐 보지만, 동봉수는 이미 땅에 도달해 있었다. 예상치 못한 그의 행동에 병괴뿐 아니라, 화예지와 하선향도 어안이 벙벙했다.

그의 행동에는 도대체가 대중이 없었다.

톡톡 튀는 여자도 아니건만 행동이 어디로 튈지 모르는 사람, 그것이 그들이 보는 동봉수였다.

"크크크. 역시 웃긴 놈일세그려."

병괴는 동봉수의 그런 행동에 오히려 낮게 큭큭 대며 앞쪽으로 한 걸음 내딛어 지붕의 끝에 섰다.

"그럼 소저들. 우리는 다음에 다시 만납세."

"저기! 잠깐만요! 어르신!"

화예지의 부름에 병괴가 뛰어내리려다 말고 그녀를 돌아다 봤다.

"왜 그러시는가? 낭자? 혹시 나한테 관심이라도 있는 건가?"

날건달이 나이가 들면 저런 저급한 농담을 던질까?

병괴 딴에는 농이라고 던진 말이겠지만, 누구도 그 농담에 웃거나 관심을 보이는 사람은 없었다. 그 시기도, 내용도 모두 엉망진창이었다.

힘과 무공이 모두 있음에도 그가 일평생 여자 손목 한 번 못 잡아 본 이유였다. 이 상태면 평생 그럴 테고 말이다.

"존함이라도 알아야 다음에 뵈었을 때 실수하지 않을 것 같아서요."

"존함? 뭐, 존함이라고 할 것까지는 없는데…… 그렇

담 일단은 북궁기(北宮奇)라고 해 두지. 그럼 이만."

팟!

병괴는 그 말을 끝으로 동봉수를 쫓아 뛰어내렸다. 혹시나 그녀들이 다시 불러 줄까 하는 터무니없는 기대를 하면서.

그러나 그녀들은 그저 낮게 그의 이름을 되풀이할 뿐.

"북궁기?"

"북궁기?"

금방 떠오르는 이름은 아니었다. 하지만 어디에선가 들어 본 이름이었다. 굉장히 오래되어 기억이 잘 나진 않았지만, 분명히 들어 본 세 글자다.

"아! 북궁기!"

하선향이 먼저 기억해 냈는지 짧은 경호성을 발했다.

"기억났니?"

"네, 사저. 그 사람 있잖아요. 그 사람 이름이 북궁기였어요."

"그 사람?"

"아, 그 사람, 그 사람 별호가······."

이름은 생각났는데, 어떻게 설명해야 할지 난감해 하선향이 말을 얼버무리다가 금세 다시 눈을 크게 치뜨며 말했다.

"비무추괴(比武錘怪)!"

"비무추괴? 아!"

그제야 화예지도 기억났다.

비무추괴.

동명이인인지는 확실치 않지만, 십 년 전쯤에 중원을
주유하면서 비무행(比武行)을 했던 기인의 이름이 북궁
기였다.

무림에 갑자기 등장해 일대파란(一大波瀾)을 일으켰다
가, 어느 날 갑자기 사라진 이름.

그는 그야말로 하늘에서 뚝 떨어진 듯 갑자기 무림에
나타났다. 그러고는 특이하게 생긴 이 척의 장도리 하나
를 들고서는, 여러 문파를 찾아다니며 비무를 청했다. 처
음에는 모든 무림인들이 웬 미친놈이 하나 무림에 출도했
다며 비웃었다.

하지만.

그 미친놈이 그냥 광인(狂人)이 아니라는 걸 깨닫는
데에는 그리 오랜 시간이 걸리지 않았다.

연전연승(連戰連勝).

연전연패(連戰連敗).

비무추괴는 싸울 때마다 이겼고,

그를 상대했던 문파의 고수들은 계속해서 졌다.

목숨을 건 싸움이 아닌 비무였다고는 하나, 각 문파들
은 망신을 톡톡히 당했다. 이제 갓 출도한 신인(新人)에
게 힘 한 번 써 보지 못하고 패한다는 건 문파의 이름에

커다란 먹칠에 다름 아니었다.

그렇다고 그를 비난할 수도 없는 노릇이었다.

정식 비무에서 졌다고 상대를 비난하는 건 졸렬한 행동이었으니까 말이다. 또한, 그의 무공에 사기가 스며들어 있는 것도 아니었다. 그의 공력은 매우 정심해서 누구나 그의 망치질에 정신이 번쩍 들 정도의 정기가 서려 있었다고 전했다.

신기한 건 정파의 무공은 아무리 작은 무공이라도 알려져 있었는데, 그가 익히고 사용하는 추법(錘法)은 너무도 생소했다. 꼭 하늘에서 뚝 떨어진 것처럼.

거기에 더해, 정파인들은 망치를 무기로 쓰지 않는다.

아니, 무림인이라면 누구도 망치를 병기로 사용하지 않는다.

거기에는 정사마(正邪魔)가 없다. 누구도 그렇게 무식하고 비효율적인 무기를 쓰고 싶어 하지는 않아서였다.

파괴력은 철퇴─망치와 똑같은 글자를 쓰는[錘]─에 훨씬 못 미쳤고, 자유자재로 다루기도 매우 어려웠다. 그럼에도 북궁기는 장도리를 능수능란하게 휘두르며 중소문파 장문인들을 하나하나 깨어 나갔다.

감숙, 강서, 강소…….

북궁기는 동서남북을 종횡하며 가리지 않고 고수들을 격파했다.

그렇게 그 특이한 비무자(比武者)가 백 개째의 중소문

파를 이기자, 이제는 대문파와 중원 오대세가가 긴장하기 시작했다.

자신들을 찾아왔을 때, 혹여라도 그자에게 패하기라도 한다면 그런 개망신이 없는 것이었다.

전전긍긍, 좌불안석(戰戰兢兢 坐不安席).

그런데 그렇게 대문파들의 고민이 깊어지던 어느 날.

비무추자 북궁기가 홀연히 자취를 감춰 버렸다.

아무런 징조도 없었다. 그저 나타날 때처럼 그렇게 아무 흔적도 없이 무림에서 사라졌다.

일설(一說)에 따르면, 우내이십대고수 중 한 명이 그를 찾아가 깼다고도 하고, 또 다른 소문에는, 대문파의 무력단체가 집단으로 그를 공격해 죽였다고도 하고…….

당시 여러 소문이 나돌았었지만, 결국 밝혀진 건 아무것도 없었다.

그렇게 그는 잊혀졌다.

한데, 그런 그가 십 년이 지난 지금 갑자기 무림맹에 나타났다. 북궁이란 성이 그리 흔하지도 않을뿐더러, 그 중에서도 저런 몸놀림을 가진 고수라면…….

거의 저 북궁기는 그 북궁기일 가능성이 높았다.

"그럼 아까 그…… 동광천이란 사람은 그분의 제자일까요?"

하선향이 말했다.

그에 화예지가 바로 고개를 저었다.

"아니, 아닐 거야. 북궁기가 말하길……."

"그 재능을 가지고도 용병 같은 걸 하고 있었다니. 안타깝다 안타까워."

"이놈이 워낙에 거칠고 냄새 나는 북방에서 살던 놈인지라 예의란 걸 전혀 모른다네. 아름다운 낭자가 이해해 주시게."

"그랬었어."

"용병이요? 군대에서 필요할 때 돈을 주고 고용해서 쓰는 낭인? 그거 맞죠?"

"그래, 그렇겠지. 아마도 동광천이란 사람은 북방에서 낭인을 하며 생활하던 자인 것 같구나."

화예지의 말에 이번에는 하선향이 고개를 저으며 볼에 바람을 불룩하게 넣었다가 빼며 말했다.

"엥? 근데 그게 말이 돼요? 아까 저도 분명히 봤어요. 정말정말 그 세류표는 자연스러웠어요. 어쩌면 저보다도 더 나을지도 모를 정도였다구요. 그런데 고작 낭인 따위가 그런 게 가능할 리가 없잖아요."

하선향의 말에 화예지가 아까 그 상황을 다시 떠올렸다.

그래, 그랬다. 분명히 그때 그자가 펼친 것은,

"세류표…… 확실히 세류표였어. 한 번 본 거였을 텐

데도…… 정석의 세류표였지."

"에이, 그걸 한 번 본 거라고 할 수 있을까요? 그냥 뜨면서 딱!하고 사저랑 슬쩍 마주친 거였는데요?"

그래, 한 번 본 거라고 보기도 힘든, 그냥 임기응변이었다.

그렇기에 더 말이 안 되었다.

"그래. 말이 안 되지, 말이 안 돼. 것도 외공만으로."

"네? 외공만으로요? 그게 무슨 말이에요, 사저?"

"비무추자가……."

"네놈을 무시하는 건 아니다만, 그럭저럭 쓸 만한 정도의 외공만으로는 저기 있는 녀석들의 상대가 되지 못한다."

"그렇게 말했었어."

"그럴 수가……. 믿을 수 없네요."

믿기 힘들다. 다른 말로는 그녀들의 심정을 대변(代辯)하기 어려웠다.

그렇지만 동광천이 펼친 건 분명히 세류표의 신법이었다.

그녀들은 신법을 내공 없이 그 정도로 구사한다는 걸 본 적도, 들은 적도, 상상해 본 적도 없었다. 게다가, 훔쳐본 정도의 짧은 순간 본 걸로는 더더군다나 말이다.

그래서 또한 더욱 어불성설이었다.

"아마도 북궁…… 아저씨? 에이, 대협이라고 해 주자. 북궁 대협한테 제대로 배웠겠죠. 안 그러고서는 그런 일이 가능하지 않을 거예요."

"글쎄……. 그걸 배웠다고 할 수 있는 것일까?"

"하긴, 그렇긴 해요. 헤헤— 화산에도 그런 사람은 아무도 없잖아요."

뭐가 좋은지 하선향이 가볍게 헤실거렸지만, 내용만큼은 간단하지 않았다. 그 대화산파에서도 그럴 수 있는 사람은 한 명도 없었다.

동광천은 그걸 해낸 자다.

북방에서 온 정체불명의 용병.

흥미가 생긴다.

저곳에 있는, 저 사람만큼이나.

화예지의 눈에 다시금 종지항이 들어왔다.

이름을 제외하고 저 사람에 대해서 아는 바가 전혀 없었지만, 남궁혜처럼 유명하고 중요한 인물과 함께 내당에서 나왔다는 사실만으로도 여러 가지를 짐작할 수 있었다.

그가 무림맹의 중요한 손님이라는 것이었다. 어쩌면 무림맹주인 현천진인의 손님일지도 모른다.

그녀가 애초에 생각했던 것처럼 이름 없는 뜨내기가 아니라는 소리였다.

종지항과 동광천.

두 무명인이 강호초출인 그녀의 마음에 커다란 파문과 환상을 심어 주고 있었다.

"사저, 이번에 잘 내려왔어요. 그죠?"

"그렇구나. 잘 내려왔어."

"이참에 나도 남자나 하나 물어서 화산으로 돌아갈까 봐요. 헤헤—"

하선향이 입을 삐죽이며 바라보는 쪽에는 동봉수와 병괴가 있었다.

반면, 화예지는 종지항과 동봉수 둘을 번갈아 바라보고 있었다. 저울질이 가능한지 그렇지 않은지도 모르면서 말이다.

*　　*　　*

파라락—

동봉수는 병괴가 내려오기 전에 이미 중대로를 가로질러 지빈각이 있는 반대편 쪽으로 걸어가고 있었다. 병괴는 그런 동봉수의 뒤에 날아 내렸다.

무림맹 곳곳에 퍼져, 수상한 자가 있는지 없는지 살피던 강호보위단원들 몇몇이 지붕에서 떨어진 그를 이상하게 쳐다봤다.

그렇지만 굳이 가까이 다가오거나 별다른 움직임을 보이지는 않았다. 동봉수와 병괴의 가슴에 달린 명패를 봤기 때문이다.

이곳에 들어온 수많은 사람 중에서도 무림맹 명패를 단 인물은 손에 꼽을 정도로 드물었고, 그들 모두 무림맹에서 특별히 초청한 손님들이었다.

동봉수는 버릇처럼 주변을 훑으며 강호보위단의 위치를 모두 체크했다.

이런 작은 일들이 그에겐 중요했다. 사실 무림과 같은 정글에서 사는 모든 이들에게 중요한 일이었지만, 실제로 행하는 사람은 그리 많지 않았다. 중요한지 중요하지 않은지 일이 터지기 전에는 알 수 없는 것이었기에.

그때 동봉수의 옆으로 병괴가 붙어 오며 말했다.

"네놈은 내가 어디로 갈 줄 알고 그렇게 혼자 먼저 가느냐?"

"저기 저 건물 아니오?"

동봉수는 잠시 멈췄던 걸음을 다시 옮기며, 고갯짓으로 맞은편 저 뒤편 구석 끝에 있는 건물을 가리키며 말했다.

내당과 외당을 경계 짓는 높다란 담벼락의 가장 구석진 곳에 붙어 있는, 구조물.

건물이라고 하기도 민망할 정도. 동봉수가 얘기하지 않았다면, 옆에 있는 돌출된 전각의 부속 건물 정도로 여겨질 만큼 작달만 했다.

우뚝.

병괴가 순간 멈칫한다. 하지만 이내 다시 동봉수의 옆에 따라붙으며 말했다.

"······진짜 귀신같은 놈이로군. 어떻게 알았느냐?"

"당신이 유심히 보는 걸 봤소."

"내가 저길 봐? 그것도 유심히? 언제, 어디서?"

"조금 전 지붕 위에서."

"······."

병괴는 기가 막혔다.

분명히 눈길을 주기는 줬을 것이다.

어차피 저곳에 가기 위해 지붕에 올라온 것이었으니, 어딘지 위치는 확인해야 할 것 아닌가.

그렇다고 그렇게 자세히 본 것은 절대로 아니었다. 그저 슬쩍 한 번 보고, 오히려 유심히 살핀 쪽은 저 건물이 아닌, 자신의 옆에서 걷고 있는 이 녀석이었다.

그런데도 녀석은 그걸 보고 다음 행선지를 짐작, 아니, 확신하고 움직인 것이었다.

'······진짜 인간인가, 이놈?'

이제는 무섭다.

뭔가 신기하면서 소름 돋게 하는 놈.

그것이 병괴가 보는 동봉수였다.

자신이 찾던, 그리고 자기가 추구하던 이상적인 인간상(人間狀) 그대로였다. 너무······ 너무너무 말이다.

동봉수는 병괴가 그렇게 생각하건 말건, 계속해서 앞

쪽으로 걸음을 옮길 따름이었다.

병괴는 고개를 휙휙 젓고는 동봉수의 등을 보다가 다시 따라붙으며 말했다.

"네놈 솔직히 말해 봐라. 사부가 누구냐?"

동봉수는 계속 걸어가면서 되물었다.

"그건 왜 묻는 것이오?"

"아니, 그렇지 않느냐? 아무리 생각해도 너 같은 놈이 그냥 하늘에서 뚝 떨어졌을 리가 없어. 물론, 무공을 제대로 배운 것 같지는 않다만, 다른 건 어느 모로 보나 고작 용병이라고 보기에는 무리야. 분명 어느 명사(名師)에게 배운 것이 틀림없어. 신철로 만들어진 검도 분명히 그 사람한테서 물려받은 것일 테고."

탁.

동봉수가 걸음을 멈췄다.

하늘에서 뚝 떨어졌다라…… 어떤 면에서는 맞는 말이었다. 게임을 하다가 로그아웃을 했더니 이 몸이 되어 있었다.

그리고 무공을 제대로 배우지 않은 것도 맞다.

비록 여러 비급을 읽고 움직임을 따라할 수준은 되었지만, 본격적으로 익힌 적은 없었으니까.

또, 고작 용병이라고 보기에는 무리가 있는 모습을 많이 보여 온 것도 사실이었다. 그가 병괴나 을지태에게 보여 준 모습은 의도적인 연출이 가미되어 있었으니까. 물론, 실제의 그와 어느 정도 가까운 모습이었지만 말이다.

마지막으로 신철, 그건 [초보자의 검]을 녹인 쇳덩어리다.

신무림 온라인 시스템이 그에게 준 선물과 같은 것.

'그렇게 치면 내 스승이 시스템이 되기는 하는군.'

시스템을 이곳 말로는 뭐라고 해야 하나?

직역하면 체제나 제도 등일 테지만, 딱히 그 뜻이 맞는다는 생각은 들지 않았다.

그러다가 동봉수가 고개를 돌려 주변을 휘둘러 봤다.

시끄럽게 떠드는 방관자들과 중국풍의 전각들, 높다란 하늘, 그리고 미치광이들.

모두 이 신무림 온라인이라는 곳에 속한 부속품들이었다.

그래, 시스템은 이 세상이다.

동봉수는 다시 정면으로 고개를 돌려놓고는 앞으로 나아가며 말했다.

"세상. 내 스승은 세상이오. 아마 특별한 일이 없다면 앞으로도 영원히 나의 스승은 그가 될 것이오."

병괴가 황당하다는 표정을 지었다가 허탈한 웃음을 뱉으며 말했다.

"……세상? 하하하. 네놈이 무슨 유학자냐? 무슨 그런 개풀 뜯어먹는 소리를 지껄이고 있느냐?"

병괴가 이해할 수 있을 리가 없었다.

동봉수는 시스템을 분석하고 그것이 만들어 놓은 길을 따라가다가 간간히 그 시스템의 허점을 파고들며 강해져 왔고, 생존했다. 하지만 분명한 건 그 시스템이 만들어 놓은 길을 따라왔다는 것이다.

그래서 그의 스승은 분명히 시스템, 이 신무림 온라인 그 자체였다.

"세상을 보고 그것을 더 잘 이해하기 위해 노력했고, 이해한 것을 또 색다르게 이용해 왔소. 그렇게 하다 보니 점점 세상이 잘 보이더이다."

병괴는 그제야 동봉수의 말이 농담이 아니라는 걸 알고 입가에서 웃음기를 지웠다.

"……정말 그것이 전부이더냐?"

동봉수는 걸음을 멈추지 않으며 바로 대답했다.

"굳이 또 다른 스승을 꼽자면, 인간이오."

"……그건 또 무슨 개뼉다구 같은 말이냐?"

개풀에 이어, 이번에는 개뼉다구. 병괴로서는 당연한 반응이었다.

하지만 또한, 동봉수에게는 그것이 사실이었다.

이 세상에 오기 전, 그러니까 저쪽 세상에 있을 때에도 그에게 스승이라고 할 만한 존재는 없었다.

하지만 굳이 그에게 그런 것이 있다면 그것이 바로 인간, 그 본질 그 자체였다.

"세상과 마찬가지로, 인간에 대해 공부했고, 그들을

이해하기 위해 분석했고, 따라하려고 노력했소."

물론, 사냥하기 위해서다. 다른 이유는 전혀 없었다.

병괴가 듣고 이해하고 해석한 의미는 완전히 다를 테지만 말이다.

"진정 그게 전부냐?"

착.

병괴는 갑자기 동봉수의 앞을 가로막고는 그의 머리칼을 치웠다. 눈을 보기 위해서였다.

그는 동봉수의 눈에서 진심을 읽었다. 다만, 그 진심의 바탕이 어떠한지는 전혀 이해하지 못한 채였다.

동봉수는 병괴를 스쳐 지나 가며 다시 걸음을 옮겼다.

"그렇소."

"……믿을 수가 없군."

"믿지 마시오."

"크크크, 크하하하! 역시 미친놈, 미친놈이야, 네놈은."

미친놈이라.

어쩌면 맞는 말일지도 모른다.

하지만 동봉수에게 그는, 그 자신은 이 세상의 누구보다 정상적이고 솔직한 사람이었다. 최소한 그 스스로의 기준에서는.

그리고 앞으로도 그럴 것이다. 아니, 좀 더 그렇게 변하게 될 것이다.

그럴수록 병괴가 보기에는 더욱 미친놈처럼 보일 테지만, 그가 상관할 바는 아니었다.

그게 그였으니까.

"어서 가자. 어서 가서 네놈하고 술이나 한잔 거하게 걸쳐야겠다."

병괴가 동봉수의 어깨에 팔을 척하고 걸치며 말했다.

동봉수는 누가 자신의 몸에 손을 대는 것을 별로 좋아하진 않았지만, 지금은 가만히 있었다.

어차피 연기였다.

병괴는 앞으로도 그의 절대적인 우군이자 든든한 지원군이 되어야만 하니까.

어쩌면 그것보다도 훨씬 더 나아갈지도 모른다. 그렇기에 굳이 병괴의 팔을 어깨에서 내리는 수고로움으로 에너지를 낭비할 필요는 없었다.

동봉수와 병괴는 어깨동무를 한 채 여전히 붐비고 있는 중대로를 등지고는 그 작은 구조물을 향해 걸어갔다. 무림맹이 커 그 길이 그리 짧지만은 않았지만, 그렇다고 또 아주 멀지도 않았다.

병괴의 시답잖은 질문 몇 개를 받아넘기다 보니 어느새 그 앞에 도착해 있었다.

가까이서 본 구조물은 마치 저쪽 세상의 반지하 월세방이나, 창고 같았다. 입구는 열려 있었고 바로 아래로 통하는 계단이 나 있었다.

"들어와. 이래 보여도 아래는 엄청 넓어."

병괴가 요란하게 손짓을 하며 먼저 계단 아래로 내려
갔다.

원통형으로 설치된 계단은 생각보다 많아, 보기보다는
꽤 깊다는 뜻이었다. 이제 봤더니 반지하가 아니라, 진짜
지하실이었던 것이다.

동봉수의 체감상 약 6—7미터쯤 내려갔을 때 커다란
철문 하나가 나타났다.

철컥.

병괴가 철문을 밀어 열고는 먼저 안으로 들어섰다.

동봉수도 바로 따라 안으로 들어갔다.

안쪽은 병괴의 말대로 엄청나게 넓었다. 원래 야장(冶
場)으로 쓰이던 건물이었는지 각종 병기들과 대장장이들
이 쓸 만한 도구들이 사방에 널려 있었고, 특이하게도 한
쪽에는 잠을 잘 수 있게 침상도 설치되어 있었다.

딱, 병괴의 숙소로 쓰일 만한 곳. 그것이 그곳의 첫인
상이었다.

한데.

"기다리고 있었습니다. 어르신."

선객(先客)이 있었다.

을지태, 바로 그였다.

먼저 와서 기다리고 있다가 병괴가 들어오자 공손히
포권을 취하며 인사했다.

병괴는 짜증 섞인 표정으로 그를 슬쩍 한 번 본 후 작업실 안쪽으로 들어갔다.

"에잉— 광천이 녀석하고 맛깔나게 술 한잔 걸치려고 했더니만, 재수 없는 놈이 괜히 와서 미리부터 술맛 떨어뜨리려고 하네. 제길."

"죄송합니다."

"죄송한 거 알면 영감탱이한테 일 좀 작작시키라고 전해 줘. 나도 이제 나이 처먹을 만큼 처먹어서 빨빨거리며 돌아다니면 뼈 시리다고 말이야."

병괴는 을지태가 나타났을 때부터 그가 현천진인의 명을 받들고 왔다는 걸 잘 알고 있었다. 하지만 귀찮다고 또 시키는 일을 안 할 수도 없었다.

그는 엄연히 무림맹에 속한 비봉공 중 한 명이었으니까.

을지태가 입구 쪽에 서 있는 동봉수를 쳐다보며 말했다.

"둘이서만 얘기하고 싶습니다."

끼이익.

동봉수는 을지태를 슥 한 번 보고는 아직 덜 닫힌 철문을 밀며 다시 밖으로 나가려 했다.

"저놈은 있어도 돼."

병괴가 말했다.

그에 동봉수는 밀던 손을 멈췄다. 발도 멈췄음은 말할

것도 없었다.

중요한 순간임을 인식한 행동이었다. 을지태의 등장으로 자기가 생각했던 것보다 더 빨리 의도했던 일이 벌어질지도 모른다고 느꼈던 것이다.

"하지만 어르신. 중요한 일입니다. 저 청년을 아끼시는 마음은 잘 알겠지만, 맹의 일입니다."

"나한테는 지금 저놈보다 중요한 용건은 없어. 파천패도."

병괴의 말이 조금 낮아졌다. 그의 눈이 반개(半開)되며 벼락같은 정광이 흘러나왔다.

조금도 양보할 생각이 없다는 의지의 표현이었다.

그렇다고 을지태가 쉽게 물러날 수는 없었다.

"중요한 일이라고 말씀드렸습니다. 어르신."

"아니, 그러니까 여기서 말하라고 하지 않느냐? 네놈이 지금 중요하다고 할 말이 극음천⋯⋯."

"어르신!"

"야! 이놈아. 네놈 때문에 없던 애라도 떨어지면 어떻게 책임질 테냐? 아주 귀청이 나가게 소리치네. 별것도 아닌 걸로 말이야."

을지태는 병괴의 말에 깜짝 놀라 다급히 중간에서 말을 끊었다. 평소의 을지태라면 결코 내뱉지 않을 큰 소리였다.

"아무리 어르신이라 해도 그렇게 함부로 그⋯⋯ 것에

대한 말씀을 발설하시면 안 됩니다."

"이놈아. 이미 알 놈들은 다 알고 있어. 몇 년 동안 기신성에 가려져 있었다고는 해도 하늘에 버젓이 몇 달 동안 떠 있었다면서? 그게 무슨 엄청난 비밀이라도 될 것 같으냐?"

"하지만……."

"아, 됐고, 저놈이 내 제자라면 어떻겠느냐?"

"……!"

병괴의 벽력탄 같은 돌출 발언에 을지태의 냉막한 얼굴이 더욱 딱딱하게 굳어졌다.

반면, 동봉수는.

'됐군.'

하고 속으로 읊조렸다.

예상치 못한 전개였지만, 결과는 예정되었던 그대로였다. 어쩌면 그 이상의 결과를 낳을도 모르겠다.

"그럼 됐지?"

병괴가 다시 말했다.

을지태는 잠시 병괴를 더 쳐다보다가 고개를 돌려 동봉수를 바라봤다.

눈뿐 아니라 얼굴의 반이 머리칼에 가려져 있어 도저히 무슨 생각을 하는지 알 수가 없었다. 아무런 반응이 없는 걸로 봐서는, 제자라는 병괴의 말이 사실일지도 모르지.

'하나 동광천의 나이가……'

동봉수의 비범함이야 을지태도 이미 어느 정도는 알고 있었다.

그렇다고 해도 저렇게 나이가 많은 자를 제자로 삼다니?

그게 선뜻 이해가 가지 않는 대목이었다. 동봉수가 아주 많은 나이는 아닌 듯 보였지만, 그래도 최소한 스물 근처는 됐을 것이다.

그 정도의 나이라면 근골뿐 아니라, 혈 또한 많이 굳어 있을 터였다.

근골은 꾸준한 낭인 생활로 훌륭한 편으로 보였지만, 혈은 한 번 굳으면 다시 뚫기가 매우 어려웠다. 한마디로 제대로 된 내공심법을 익히기에는 이미 늦었다는 소리였다.

그런데도 저 노괴물이 제자로 삼은 것인가?

"정말인가?"

을지태는 병괴의 말에 대답하는 대신 동봉수에게 물었다. 하나, 동봉수는 아무런 말이 없었다.

"정말인지 묻질 않는가?"

을지태의 목소리가 조금 높아졌지만, 동봉수는 여전히 묵묵부답이었다.

중요한 순간이었기 때문이다.

여기서 자신이 어떻게 대답하느냐에 따라 앞으로의 행

보가 완전히 뒤바뀔지도 모른다.

어떤 대답을 할까? 어떤 말을 해야 가장 좋은 결과를 도출해 낼까? 하나, 대답은 정해져 있었다. 그리고 그는 이미 그 대답을 했다.

그가 택한 최선의 대답은.

"……."

이었다.

굳이 말로 표현하자면, 무언의 기다림. 그것이었다.

"봐봐. 저놈도 가만히 있잖아. 됐지, 그럼?"

병괴는 동봉수의 기다림에 만족했다.

비록 분위기에 휩쓸려 갑작스럽게 뱉은 말이었지만…….

분명 진심이었다.

게다가 사부도 없다고 하질 않던가? 아니, 정확히는 세상이니 인간이니 어쩌니 했지만, 결국에는 그게 그 말이지 않은가?

조금 나이가 많은 건 있지만, 중요하지 않았다. 중요한 건 동봉수가 마음에 든다는 사실이었다.

"……."

을지태는 그 후에도 한동안 더 동봉수를 바라보다가 다시 병괴에게로 고개를 돌렸다.

그러고는 그의 입술이 빠르게 움직였다. 그럼에도 그의 삭막한 음성이 전혀 흘러나오지 않았다.

"파천패도가 이런 놈이 아니었었는데. 무림맹 같은 곳에 오래 있다 보니 잔머리만 늘었구먼."

전음입밀(傳音入密)이었다.

그렇게 하면 굳이 동봉수가 병괴의 제자인지 아닌지 완벽한 확인을 하지 않아도 괜찮았고 이 자리에 있다고 해도 상관이 없다고 여긴 것이다.

병괴는 을지태의 전음이 영 마뜩찮았지만, 굳이 을지태를 나무라지는 않았다.

그가 말을 하겠다는데 그것까지 막을 필요는 없었기 때문이었다. 어찌 되었건 을지태는 무림맹주의 전언을 가지고 온 자였으니까 말이다.

"그게 다냐?"

한참 동안 계속된 을지태의 전음이 끝난 뒤 아무렇지도 않다는 듯 병괴가 한마디 툭 던졌다.

"네, 어르신."

그걸로 둘의 밀담(密談)은 끝이 났다.

하지만 그건 그들만의 착각이었다.

둘 사이 전음은 전혀 은밀하지 못했다.

동봉수는 을지태의 말을 모두 엿들었다. 정확히는 엿봤다는 표현이 보다 맞을는지도 모른다.

그의 입술은…… 모두 읽혔다.

현천진인이 을지태를 시켜 병괴에게 전하라고 이른 말이, 동봉수에게도 똑같이 전부 전해진 것이었다.

어젯밤 정주 번화가에서 벌어진 귀신 사건이 과연 극음천살성의 택자가 한 일인지 아닌지에 대해 조사하라는 것, 그것이 무림맹주 전언의 핵심이었다.

극음천살성의 택자?

모르는 단어가 나오자 동봉수의 머리가 빠르게 회전하며 유추를 시작했다. 그리고 이내 거기에 부합하는 결과를 끄집어냈다.

'그녀를 말하는 것인가?'

연영하.

확실한 건 아니었지만, 동봉수의 육감이 그렇게 말하고 있었다. 극음천살성의 택자가 그녀라고.

만약 그것이 사실이라면…….

동봉수는 병괴에게서 극음천살성에 대한 정보를 최대한 얻어 내어야만 했다. 그걸 위해서라도 병괴의 제자가 되든, 혹은 그에 준하는 무엇이 되어야만 한다.

"알았다. 그 일 내가 맡도록 하지."

대화는 다시 육성으로 진행되었고, 병괴의 승낙이 떨어졌다.

"그럼 맹주께 그렇게 전하겠습니다. 어르신."

"그러든지 말든지."

병괴의 심드렁한 축객령에 을지태는 가볍게 포권을 취하고는 몸을 돌렸다. 그러고는 그대로 동봉수를 지나치며 그곳을 벗어났다.

그때 을지태의 입술이 또 한 번 달싹였다. 등을 진 채였기에 병괴는 그것을 보지 못했다.

[조만간 다시 보세.]

을지태의 짧은 전음.

병괴만큼은 아니었지만, 그도 동봉수에게 관심이 있었다. 그냥 놓치기에는 아쉬울 만큼.

"파천패도가 뭐라더냐?"

병괴가 병기가 잔뜩 쌓여 있는 구석으로 걸어 들어가며 말했다. 짐작하고 있었던 것이다. 을지태가 동봉수에게 꽤나 관심이 있어서 무슨 말이라도 했을 것을 말이다.

"나중에 다시 보자고 했소."

부스럭부스럭.

"굳이 그런 말을 몰래 할 필요가 있는가? 싱거워진데다가 음흉하기까지 한 놈이 되었어. 쯧쯧쯧."

병괴는 병기더미를 이리저리 뒤적이며 툴툴거렸다.

'신철'로 만든 물건을 찾고 있는 것이었다.

잠시 뒤.

병괴가 특이하게 생긴 갑옷, 아니, 갑옷보다는 옷에 가까운 어떤 물건을 꺼내 들고 동봉수에게 다가왔다.

동봉수가 처음 주문했던 그런 물건이 아니었다.

그는 전신 갑옷처럼 만들어 모든 부분을 조각을 내달라고 했었다. 그래서 적의 공격이 있을 때마다 특정부위의 갑옷 부분만 인벤토리에서 뽑아내 방어에 이용하려고 했었다. 또한, 필요한 경우에는 검편을 대신해 암기로도 사용할 수 있는 형태로 말이다.

하지만 지금 병괴가 만들어서 들고 온 이 형태의 옷은 그것과 전혀 다르게 만들어져 있었다.

곳곳에 철덩어리가 엮여 있기는 했지만, 신축성이 좋은 천이 주요 관절 부위를 연결해 굉장히 독특한 모양의……

'마치 방탄조끼 같군.'

무림인을 위한 방탄조끼. 그것이 동봉수의 감상이었다.

몇 세기 뒤에나 이곳 세상에서 볼 법한 장비를 병괴가 개발해 낸 것이었다.

"네놈이 만들라고 했던 모양새는 아니지만, 이게 더 나을 것 같아서 한 번 솜씨를 발휘해 봤지."

병괴가 그렇게 말하며 동봉수에게 그 옷을 건넸다.

슥.

동봉수가 그것을 받아 들었다.

찌리릿.

'음?'

뭔가 이상한 감각이 그의 손끝을 타고 전신에 퍼졌다. 정전기가 통하는 것 같은 느낌은 아니었다. 뭔가 달랐다. 짜릿하지만 나쁘지 않은 감각.

"근데 아까 왜 대답하지 않은 것이냐?"

병괴가 옷 끝을 놓지 않은 채 말했다.

살짝 뜬금없는 질문이기는 했지만, 병괴가 뭘 물어보는지는 이미 잘 알고 있었다.

"굳이 대답할 필요가 없었기 때문이오."

"그 때문에 파천패도가 오해했을지도 모르는데?"

"그렇지 않을 것이오. 그도 이미 알고 있었소."

"아닐걸?"

"아니오. 그가 오해했다면 굳이 당신에게 전음으로 말을 건네지도 않았을 것이오."

"하긴 그렇구먼. 근데 말이야……."

병괴 답지 않게 말꼬리를 늘인다.

"나한테는 대답해 줘야겠다."

"……."

병괴의 말투가 더없이 진중해졌고, 눈에서도 정광이 뿜어져 나와 동봉수의 전신을 압박했다. 일전 수십의 자객들이 그의 몸을 압박한 것보다 더한 중압감이 그의 온몸을 내리눌렀다.

"내 제자가 되겠느냐?"

제자가 되지 않으면 주지 않으려는 듯, [초보자의 검]으로 만든 옷을 꽉 움켜잡으며 말했다. 그 말투만큼이나 강렬한 눈빛을 보내 왔지만 동봉수는 대수롭지 않게 받아 넘겼다.

오히려 지금 그의 신경을 자극하는 건 손끝을 타고 그의 전신으로 치달리고 있는 희한한 전류였다.

계산된 대로 흘러가는 병괴와의 일과 달리, 이것은 전혀 예정된 것이 아니었기에.

"아까 말했소. 내 스승은 이미 있다고."

동봉수는 몸의 혈관을 타고 마음껏 돌아다니는 기이한 전류를 느끼며 대답했다.

"크크큭. 이 세상 말이냐?"

"……."

"이 팔기병광이 이 주변의 사물들한테도 밀린 거냐?"

"아니오. 당신 또한 이 세상이오."

"재밌는 대답이군. 그럼 말이다. 나도 네놈의 스승이긴 하다는 소리렷다?"

병괴의 말에, 무표정한 동봉수의 가면이 몰래 웃었다.

"그래그래. 그 정도면 돼. 내가 가르치면 배우기는 한다는 소리 아니냐?"

원하던 것을 얻어 냈다.

아까 을지태에게 바로 제자라고 인정했다면 도리어 안 좋은 결과를 얻었을지도 모른다. 병괴라는 인간은 그런 인간이니까.

최악의 경우 반쪽짜리 제자가 되거나, 아예 제자가 되지 못할 수도 있었음이다.

한편의 짧은 단막극이 일단락되었고, 그 결과 동봉수의 가면은 스승 아닌 스승을 얻었다.

"근데 네놈은 파천패도와 팔기병광도 모르느냐?"

"알고 있소."

"한데 어떻게 그렇게 무반응일 수가 있느냐?"

"당신들 또한 천하사물의 하나일 뿐. 이 세상에 사물을 보고 놀랄 이유는 그 어디에도 없소."

"……크크, 크하하하하하하!"

병괴는 동봉수의 대답에 미친 듯이 웃었다.

"그래그래. 그거야, 그거. 그래서 내가 네놈이 마음에 든다는 거야. 흐, 흐하하하하하!"

도대체 누가 절대십존과 천하십객의 관심을 받고 저리도 태연할 수 있을까? 단연코 중원에서 동봉수밖에 없으리라.

그리고 더욱 중요한 건 그 말에 조금의 거짓도 없다는 사실이었다.

다만, 자신이 생각하는 이유와 다르다는 것, 진심 그 너머의 진실에 대해 병괴는 몰랐다.

아마 죽을 때까지, 아니, 죽은 뒤에도 모를 테지.

병괴는 시원하게 웃다가 이내 웃음을 그치고는 동봉수의 어깨를 두어 번 툭툭 두드린 후 문 쪽으로 걸어갔다. 그러면서 말했다.

"어이. 이다음 얘기는 일단 영감탱이가 맡긴 일부터 해결하고 난 후에 얘기하도록 하지. 동광천…… 제자야."

"……."

"크— 닭살 돋는구만. 이 팔기병광한테 제자가 다 생기고 말이야."

그 말을 끝으로 병괴가 그곳을 나서 계단 위로 올라갔다.

동봉수는 병괴가 완전히 사라져, 보이지 않을 때까지 기다렸다가 문을 닫았다.

탕.

이제 그곳에는 동봉수 혼자만이 남게 되었다.

그는 병괴가 만들어 준 옷을 이리저리 만지며 살폈다. 여전히 옷을 통해, 찌릿찌릿하지만 또 한편으로는 시원한 전류가 흘러들어 오고 있었다.

편의상 전류라고 생각했을 뿐. 이것은 절대로 전류가 아니었다.

이 기운이 전기였다면 절대로 좋은 기분으로 이것을 잡고 있을 수는 없었을 테니 말이다.

확인하기 위해서는 이것을 착용해 봐야 한다. 다른 사람에게의 임상실험은 소용이 없을 것이다. 아까 병괴의 표정이나 반응을 봤을 때, 그는 이 전류를 전혀 느끼지 못하고 있음이 틀림없었다.

그렇다는 것은 이 옷이 여전히 [초보자의 검]처럼 아이템으로써 취급을 받는다는 뜻이었다.

왜 신무림 온라인 시스템이, 망가졌다가 완전히 다른 모양으로 재창조된 물건을 여전히 아이템으로 보는지는 중요치 않았다.

중요한 건, 그 효과였다.

그리고.

확실한 건, 그 효과가 원래의 [초보자의 검]과는 확연히 다를 것이라는 사실이었다.

이 이상야릇한 전류.

[초보자의 검]은 절대로 가지고 있지 않았었다.

게다가, 그는 이 전류 같은 것을 일전에 한 번 느껴 본 적이 있었다.

"……."

동봉수는 꽤 장시간 그 옷을 들고 서 있다가, 결국 몸에 걸쳤다.

만약 그의 기억이 맞는다면 결코 이 전류는…….

[Critical ERROR 발생! Critical ERROR 발생! Critical ERROR 발생! 현재 플레이어가 착용한 아이템은 일련 번호가 없는 불법 아이템입니다! 플레이어는 지금 즉시 아이템을 해제…… 하시지…… 지직! 지지직! 강제 로그아웃…….]

군데군데 부서지고 찢긴 홀로그램 메시지.

그동안 치명적인 오류를 여럿 겪었지만, 이번 것은 처음이었다.

"큭—!"

아까까지 시원하게 느껴졌던 전류가 폭풍 같이 그의 전신을 꿰뚫고 다녔고, 프로그램의 오류 메시지도 같이 그의 머릿속을 마구 헤집어 놓았다.

마치 그의 영혼을 찢어 놓을듯이, 그렇게.

*　　*　　*

동봉수의 영혼이 산산이 찢길 듯이 위태로울 그때.

병괴는 기분 좋게 무림맹 내 자신의 거처인 병록각(兵碌閣)을 나서, 무화문을 벗어나고 있었다.

그는 사람들이 보든 말든 신법을 발휘해 정주의 번화가로 향했다. 사람들도 그런 그에게 그다지 신경 쓰지 않았다. 어차피 지금의 정주에서 무림인이란 그다지 희귀한 존재는 아니었으니까 말이다.

잠시 뒤.

병괴는 낭랑주잔 앞에 도착했다.

어제 사건에 대한 조사를 본격적으로 하기 전, 현장 수색과 시신 검증을 우선적으로 하기 위함이었다. 그런 기본적인 것들이 모든 사건 해결의 시발점이었기 때문이다.

"어떻게 오셨습니까?"

현장을 지키며 서 있던 강호보위단원 중 한 명이 그에게 다가와 말했다.

강호보위단원들은 을지태의 명에 따라 이 주변에 쫙 깔려 있었다. 어제 일에 대한 기초 조사를 진행하기 위해서였다.

현장을 그대로 보존하기 위해 관계없는 사람들의 무분별한 접근을 차단하는 것도 기초 조사의 일환이다. 그렇기에 병괴가 관계자인지 아닌지 확인하는 것이었다.

병괴는 슬쩍 그를 한 번 쳐다보며 말했다.

"북궁기다."

"아, 북궁 대협이셨군요! 기다리고 있었습니다."

을지태의 언질을 미리 받은 듯, 그 강호보위단원은 병괴의 등장을 반겼다.

"이쪽으로 오시죠."

그는 가볍게 포권을 취하고는 병괴를 낭랑객잔 안으로 이끌었다. 낭랑객잔이 직접적인 사건 현장은 아니었지만 바로 그 근처였고, 어젯밤 죽은 시체들을 임의로 그곳에 안치해 놓았기 때문이었다.

이미 객잔 주인과 그 식솔들, 숙수 등은 모두 밖으로 내보냈는지 그곳에는 강호보위단원들만이 살벌한 기운을 내뿜으며 서 있었다.

주탁(酒卓)과 의자 등 내부 집기들은 전부 치워져 있었고, 대신 수십의 시신들만이 짙은 혈향을 풍기며 병괴를 맞았다.

애초에 그를 안내한 사내가 이곳의 책임자였던지 계속

해서 병괴에게 사건에 대해 설명을 했다.

"여기 이들이 어젯밤 바로 저 밖에서 죽은 사람들입니다."

병괴는 뒷짐을 진 채 바닥에 일렬로 쭉 늘어진 시체를 한 번 슥 훑어보고는 왼쪽 가장 구석에 있는 시체에게 다가갔다.

옆의 다른 시체들이 깡그리 그런 것처럼 그것도 머리가 떨어져 아무렇게나 굴러다니고 있었다.

툭.

병괴는 시체를 발로 툭 건드렸다. 그리고는 아무렇지 않은 듯 툭하니 한 마디 뱉었다.

"한 놈."

그는 그 이후 옆으로 길게 늘어선 시체들의 열을 따라 오른쪽으로 쭉 걸어가며 시체들을 하나하나 툭툭 차며 끝까지 걸어갔다.

"두식이, 석 삼……."

시체의 수를 세는 것이었다.

그 모습이 어처구니없을 정도로 장난스러웠지만, 그것이 더 전문가처럼 보이는 건, 역시 이곳 무림이라는 무자비한 세상의 특징이리라.

마흔셋.

시체의 목 위 쪽 바닥에 아무렇게나 널브러져 있는 머리의 숫자와 시체 개수가 일치했다.

"일단 죽은 놈 수는 확인했고."

병괴는 다음으로 시체의 상태를 살펴봤다.

모두 목이 잘린 시체였기에 어느 것이 어느 놈의 머리인지 정확히 알기 어려웠다.

다만, 그 잘린 부분의 상태만큼은······.

"깔끔하네."

지나치게.

그래서 병괴는 시체의 상흔(傷痕)에서 그다지 특별한 것을 발견하지 못했다. 혹, 단면을 자세히 들여다보면 저들의 목을 벤 무공이 뭔지 알아낼까 싶었는데······.

한참을 더 살펴봤지만, 결국 아무것도 알아낼 수 없었다. 이렇게 깨끗한 걸로 봐서 흉수가 상당한 고수라는 사실만 짐작할 수 있을 따름이었다.

"이놈들 소지품은?"

병괴는 텅텅 빈 시체 하나의 품을 꼼꼼히 뒤져 보고는 말했다.

"원래부터 아무것도 없었습니다."

처음 그를 맞아 이곳으로 이끌었던 강호보위단원이 그때까지 가만히 그의 뒤에 서 있다가 대답했다.

"뒤가 무지하게 구린 놈들이구먼. 죽은 놈들이나 죽인 놈이나."

"네?"

"시체들을 봐. 굉장히 깨끗하게 죽었어. 무공 수위나

종류는 알 수 없지만, 한 놈이 저지른 일이 분명해. 그래서 구리다는 거고."

"아, 네."

병괴는 시체들 중 하나의 옷을 이리저리 살펴보며 말을 이어 갔다.

"여기 자빠져 자고 있는 녀석들은 몽땅 하나같이 똑같은 걸 입고 있잖아. 그래서 또 구리지."

시체들이 입고 있는 옷은 모두 검었다.

한데 흑색이라고 다 같은 검은색은 아니었다.

옅은 검정, 탁한 검은색, 검지만 약간 발그스레한 빛깔……

다양했다.

그런데 죽은 자들의 옷은 모조리 칠흑같이 검으면서도 그 색의 차이가 거의 없는, 그런 흑의였다. 분명히 같은 소속의 인물들임이 틀림없었다.

병괴는 대충 보는 듯했지만, 그것을 모두 꼼꼼히 확인하고 있었다. 물론, 이 정도는 강호보위단원들도 진즉 확인한 바였지만.

그러나 병괴는 거기서 한 가지를 더 보았다. 그래서 그가 팔기병광으로 불리는 것이리라.

푹.

병괴가 시체 하나의 목 부분에 손가락을 깊숙이 찔러 넣었다가 뺐다. 그의 손가락에 이제는 꽤 걸쭉해진 피가 잔뜩 묻어 나왔다.

짭짭.

"읍!"

강호보위단원은 처음에 병괴가 뭘 하려고 저러나 유심히 보고 있다가 갑자기 구토를 했다. 왜냐하면 병괴가 피범벅이 된 손가락을 입속으로 집어넣었기 때문이었다.

입안에 깊숙이 넣고 우물우물 거리는 것이 마치 피의 맛을 음미하는 것처럼 보였다.

"음! 그래그래. 피 색과 냄새가 구리구리하다 했더니만 역시 구린 놈들이었어."

"네? 그게 무슨 말씀이신지……?"

"이놈들 운남에서 왔어. 이놈들 피가 죄다 똥색인 데다가 똥내가 짜하니 진동하잖아."

"네……?"

강호보위단원은 점점 더 의문에 빠졌고, 병괴가 도통 무슨 소리를 하는지 알 수 없었다.

하지만 강호보위단원이 궁금해하든지 말든지 병괴는 더는 입을 열지 않았다. 일반 강호보위단원이 이해할 말도 아니었거니와, 굳이 이해할 필요도 없었기 때문이었다. 어차피 조사가 끝난 후 을지태에게 말하면 그가 알아서 가르쳐 주든지 말든지 결정할 사안이었다.

'집사전의 살영단이 정주 앞마당에서 이런 식으로 도륙을 당하다니.'

집사전, 그리고 살영단.

병괴는 시체들의 혈액에서 이들의 정체에 대한 결정적인 정보를 끄집어냈다.

집사전에는 은영심공(隱影心功)이라는 특이한 내공심법이 있다.

한데, 은영심공을 익히면 피의 색이 다른 이들보다 조금 탁해지고, 그 피에서 특이한 독향(毒香)이 나게 되어 있다. 왜냐하면, 은영심공을 배우기 위해서는 운남에서만 서식하는 팔교복(叭咬蝮)이라는 독사의 독을 지속적으로 섭취해야만 하기 때문이다.

그리고 그 은영심공은 집사전에서 운용하는 살수집단, 살영단의 인원들이 익히는 독문심법이었다. 그 심공을 익히면 공력을 끌어 올리면서도 외부에 그 기세를 잘 드러내지 않을 수 있는 까닭이다.

그런데 살영단이 나타난 건 그럴 수 있다 치고.

'대체 누가 이들을 죽인 것인가?'

소문대로 귀신이 나타난 것일까?

'미친 소리.'

귀신 따위가 어디 있겠는가? 설혹, 존재한다 하더라도 귀신이 할 일 없이 이놈들만 골라서 죽였을까? 그때 많은 구경꾼들도 있었다지 않던가? 게다가 지금 이 성도에 죽일 놈들이 얼마나 많이 있는데?

'특히, 무림맹에 그런 놈들이 득실득실거리지.'

그리고 그 무림맹의 우두머리는 백 번 죽어도 모자를……

그놈의 영감탱이지.

'귀신은 무조건 아니지. 아니야.'

귀신이라고 치부하고 넘어간다면 조사하러 이곳에 온 의미가 없었다. 그럴 리도 없었고.

'천마성? 극음천살성의 택자? 그것도 아니면……'

살영단의 공격을 받아, 그에 대한 반격으로 격살한 것이라면 어쩌면 정파의 소행일지도 모르지.

하지만 그렇게 생각하기에도 뭔가 석연치가 않았다.

우선, 그런 것이었다면 굳이 이토록 은밀하게 적을 격살할 필요도 없었고, 굳이 이번 일을 숨길 아무런 이유도 없었다.

귀신이라고 여겨질 만큼 은밀하게 움직인 자다. 그러면서도 매우 간결하면서도 빠른 검법을 사용해 살영단원들을 암살한 자다.

물론, 정파에도 많은 쾌검이 존재했지만, 이건 느낌이 달랐다. 그것도 아주 많이 다르다.

'검에 이렇게 감정이 없을 수가 있나?'

검은 무인의 혼이다. 검을 휘두르면 그 사람의 혼이 실린다.

그래서 무공을 익힌 자라면 누구든지 그 무공의 흔(痕)에 혼의 자취도 남게 마련이다. 이건 누구도 예외가 없다.

아니, 그래야만 한다.

그런데 이 검흔에는 아무런…….

혼이 없었다.

'구려. 매우 구려.'

정체불명의 귀신은 정말로 냄새가 나는 자임이 틀림없
었다.

"그럼 이제 본격적으로 귀신을 잡으러 가 볼까?"

여전히 강호보위단원이 그의 말을 이해 못하겠다는 듯
이상하게 쳐다보고 있었지만, 그는 아랑곳하지 않고 조용
히 자리에서 일어났다.

"귀신인지 괴물인지는 아직 잘 모르겠지만 말이야, 일
단 찾아보도록 하지."

그 말을 끝으로 그는 낭랑객잔을 나섰다.

*   *   *

"괴, 괴물!"

"괴물? 에이, 그건 좀 아니지, 아저씨. 이렇게 귀여운
괴물 봤어? 아! 아닌가? 그 귀신 녀석도 꽤나 잘생겼었
지, 아마? 그럼 뭐, 난 귀여운 괴물하지. 헤헤."

푹.

아이 같은 손이 앞으로 내밀어지며 남자의 머리가 그

대로 녹아 내렸다. 핏물과 뇌수, 머리뼈가 녹은 물이 뒤섞여 기괴한 색깔의 물이 되었다.

주르륵.

그것이 흘러 남자의 사지를 푹 적셔 갔다.

쿵.

뒤이어 머리 없는 시체가 쓸쓸히 무릎을 꿇었다.

"입 조심해야지. 처맞을라고."

이미 맞을 입은 없었고, 당연히 조심해야 할 입도 없었지만.

"노백."

"네, 아가씨."

연영하의 부름에 뒤에 말없이 시립해 있던 노백이 허리를 숙였다.

"이놈들 맛도 더럽게 없고, 재미도 뒈질라게 없는데 어쩌지?"

연영하는 여전히 앞쪽에서 그녀를 향해 도를 겨누고 있는 대도문(大刀門)의 도수(刀手)들을 새끼손가락으로 앙증맞게 가리키며 말했다.

그에 노백이 더욱 깊숙이 허리를 숙였다. 마치 더 숙일 수 있다면 땅으로라도 기어 들어갈 수 있을 만큼.

"이곳의 문주가 아직 나오지 않았습니다. 아가씨."

"하긴 그렇긴 해. 지금 꽤 놀기 좋은 장난감 하나가 다가오는 게 느껴지는데 그게 여기 문준가 보지?"

"아마도 그럴 것입니다."

"그럼 한 번 거하게 놀기 전에 벌레들부터 정리해야겠네?"

벌레들.

그녀에게 대도문의 도수들은 그저 벌레일 따름이었다.

"이익—! 죽어라, 이 괴물!"

그녀의 말에 자존심이 상한 한 도수가 앞으로 달려 나오며 연영하를 향해 한껏 진기를 끌어 올려 도를 내려찍었다. 이미 수십의 도수가 한 줌의 더러운 물로 화했지만, 그들은 아직 연영하가 어떠한 존재인지, 또 얼마나 무서운 괴물인지 별로 알지 못하는 듯했다.

"쓥— 최소한 놀 정도는 되어야지 놀지. 이건 뭐 소꿉놀이 수준이잖아?"

연영하는 귀를 긁던 새끼손가락을 그저 앞으로 살짝 튕겼다.

피웅.

달려들던 도수의 머리 반이 사라졌다.

잘리거나 녹은 거나, 부서진 게 아닌, 그냥 도수의 머리 반이 그대로…… 꺼져 버렸다.

"끄…….."

도수는 반쯤 남은 입과 혀로 희한한 비명을 지르며 그대로 생을 달리했다.

"쓥— 겨우 이런 것 하나도 못 막으면서 어디 나랑 놀려고 들어?"

"……."

"재미없어. 재미없어. 재미없단 말이야. 빨리 좀 와."

연영하의 눈이 흑요석(黑曜石)처럼 변하며 미친 윤기가 번들거린다.

그리고.

그녀의 손가락이 거문고 줄을 튀기듯 허공에서 춤을 추기 시작했다. 그에 맞춰 도수들의 몸도 하나씩 녹아내렸다.

비명도, 반항도, 전투도 없었다.

그저 장난이었다.

그녀의 손이 공깃돌을 가지고 놀듯 허공을 수놓으면 도수들의 목숨이 무더기로 사라졌다.

도망을 쳐도 소용이 없었다. 그녀의 검은 기운이 대도문 구석구석에 깔렸고, 죽음이 이내 만연했다.

촌각만 더 지나면 이곳에서 살아 숨 쉬는 생명체는 그녀와 노백밖에 없게 될 바로 그때였다.

타닥.

팔 척에 달하는, 자기 몸보다도 훨씬 길고 큰 도를 든 중년인 한 명이 장내에 나타났다.

대도문주 장필강(張畢姜)이었다.

그는 비록 무림맹 소속의 인물은 아니었지만, 하남성에서 손에 꼽히는 고수였다.

정확히 그의 실력에 대해 알려진 바는 없었지만, 어쩌면 무림맹 당주급의 고수와 맞상대할 수 있을 것이라고 말하는 이도 있을 정도로 고절했다.

하지만 지금 그의 표정은 지독히도 굳어 있었고, 얼굴이 완전히 흙빛을 띠고 있었다. 또, 대도를 잡고 있는 양손은 어찌나 심하게 떨고 있는지 금세라도 도를 놓칠 것처럼 보였다.

그만큼은 연영하가 뿜어내고 있는 기괴한 기운의 끄트머리라도 느낄 수 있음에 그런 것이었다.

그는 어두운 표정으로 주변을 둘러봤다.

수십의 제자들 대부분이 벌써 한 줌 핏물로 화해 있었다. 살아남은 나머지 제자들도 팔다리가 녹았거나, 목이나 얼굴에 구멍이 뚫려 있어, 이미 불구가 되었거나 곧 죽게 될 상태였다.

그는 얼굴을 더욱 굳히고는 연영하를 바라보며 무겁게 말했다.

"이들을 그냥 보내 줄 순 없겠소?"

왜 그러는지, 누구인지는 물어보지조차 않았다.

심연의 저 밑바닥 같은 연영하의 시꺼먼 눈을 보는 순간, 그런 질문이 무용하다는 걸 너무도 잘 알 수 있었기 때문이었다.

기실 방금 한 이런 말조차도 소용이 없을 테지만, 그래도 문주로서 해야만 했다. 그런 말이라도 하지 않으면 대도문이 아무것도 못하고 이대로 허무하게 사라질 것이었기에.

"에? 저것들?"

연영하가 새끼손가락으로 불구가 된 도수들을 장난스레 가리켰다.

"그렇소. 이 사람들."

저것들과 사람들.

연영하와 장강필이 보는 시각의 차이를 극명하게 드러내 준다.

연영하가 어깨를 으쓱하며 계속 말했다.

"글쎄? 그건 좀 곤란해. 쟤네들이 여기서 나가면 기껏 벌어진 큰 판에 내가 못 낄지도 모르걸랑. 히힝—"

"어떻게 하면 저들을 그냥 보내 주겠소?"

장강필이 포기하지 않고 재차 물어왔다.

그에 연영하가 가지런한 치열을 드러내며 하얗게 웃었다.

"간단해."

"……."

"뒈져. 죽으면 보내 줄게."

"……그건 그냥 보내 주는 게 아니지 않소?"

"아? 그런가? 이런 바보. 헤헤헤."

가볍게 자기 머리에 딱밤을 치며 웃는 모습이 귀여운 소녀의 모습 그대로였지만, 이곳의 누구도 그 모습을 귀엽게 생각하는 이는 없었다. 본인 말고는.

"그럼 그냥……."

연영하가 잠시 말을 끌다가, 귀엽게 살짝 입술을 핥으며 말했다.

"뒈지고 말어. 뭘 그렇게 어렵게 살려고 그래? 응?"

"……."

그날 그렇게 대도문이 멸문했다.

하지만 그건 서막에 불과했다.

노가촌, 대도문, 용가장(龍家莊), 천성도장(天星道場) 등.

일주일 사이 하남성에서 나름대로 이름을 쌓은 중소문파 몇 개가 흔적도 없이 사라졌다.

천하청비무대회라는 큰 화젯거리에 가려진 채…….

*   *   *

일반적으로 시간은 모든 곳에서 비슷하게 흐른다.

동봉수가 있는 병록각의 그것도 얼추 일주일이 흘렀다.

'크크크…….'

동봉수는 꽤 오랜 시간 자기 몸이었던 소삼의 육체를 내려다보며 지겹게 툴툴 댔다.

벌써 105239번.

뭔지 모를 의지— 그래, 의지다. 하지만 내 의지는 아니다—가 자꾸 그를 소삼의 몸에서 분리해 냈다.

그가 찢어지는 고통을 참으며 허공을 헤엄쳐 소삼의 육체로 돌아가면 또다시 그 의지가 그를 끄집어낸다.

[Critical ERROR 발생! Critical ERROR 발생! Critical ERROR 발생! 현재 플레이어가 착용한 아이템은 일련번호가 없는 불법 아이템입니다! 플레이어는 지금 즉시 아이템을 해제…… 하시기…… 지직! 지지직! 강제 로그아웃……]

그 의지는 신무림 온라인 시스템이다.

시스템은 그를 소삼의 몸 밖으로 강제로그 아웃시킨다. 계속해서, 쉬지 않고.

그러면 동봉수는 다시 소삼의 몸에 로그인 한다.

다시 영혼이 찢어지는 것 같은 고통이 엄습한다. 동시에 그 기이하고도 시원한 감각이 또한 온몸에 스며든다.

그리고 곧 다시 시스템이 그의 영혼을 소삼의 몸 밖으로 끄집어낸다. 그리고 뒤이어 그를 차원 너머의 진짜 '무림 온라인'의 서버로 보내려고 한다. 하지만 시스템은 그러한, 그럴 수 있는 권한이 없다. 그럼에도 계속 그일을 시도한다.

그 때문에 영혼인 상태에서도 고통은 멈추지 않는다.

다만, 로그인 상태일 때의 그것과 그 종류가 다를 뿐이다. 찢어지는 느낌이 아닌, 영혼을 쪼그려 터뜨리는 것 같은…… 극악한 통증이다.

로그인, 로그아웃, 다시 로그인, 또 로그아웃…….

이런 게 바로 무간지옥(無間地獄)일까?

로그인과 로그아웃의 연속. 반복되는 고통.

아마 동봉수가 아닌, 보통의 사람이었다면 진즉에 영혼이 파괴되거나 소멸되었으리라. 아니면 완전히 미쳐 버렸거나.

그렇지만 동봉수는 그런 상황에서도 결코 정신을 놓치지 않았다.

그저 아프고…….

지겹다고 느꼈을 뿐이다.

시간이 얼마나 더 흘렀을까?

영겁과 같은 시간이 지난 것 같았지만, 또 어떻게 보면 며칠 지나지 않았을지도 모르겠다. 그저 너무도 고통스러웠기에 길게 느낀 것뿐일지도.

동봉수는 여전히 생각하고 있었다.

어떻게 하면 이 끔찍한 고통의 윤회가 끝이 날까?

소삼의 몸에는 시스템이 용납하지 못하는 변질된 [초보자의 검]이 입혀져 있었다. 그리고 이 바깥 차원계, 그가 원래 살던 곳은 시스템의 능력이 닿지 않는 세상이다. 그래서 제대로 로그아웃할 수도 없었다.

그렇다고 이 방을 벗어날 수도 없었다.

시스템은 끊임없이 그의 영혼을 차원 저 너머로 보내려고 했기에, 원래의 몸으로 헤엄쳐 가는 일도 사실은 그리 만만한 일이 아니었던 것이다.

크크크…….

그는 낮게 웃으며 다시 소삼의 몸으로 돌아갔다. 뭘 어쩌겠다는 게 아니었다. 그저 지금 할 수 있는 일이 그것밖에 없었으니까, 그렇게 하는 것이었다.

혹시 병괴나 을지태가 병록각으로 돌아와 그의 이 끔찍한 고통을 끝내 줄 수도 있으리라 여겼지만, 그것만 기다리고 있을 동봉수가 아니었다.

정말 만약이었지만, 그들이 돌아오지 않을 수도 있었고…….

최악은 그들의 개입으로 영혼이 파괴될지도 몰랐으니까.

로그인, 로그아웃, 다시 로그인, 또 로그아웃…….

그렇게 무간지옥은 계속되었다.

시스템이란 것이 그렇다.

에러가 계속되면 결국은 고장 난다. 어떤 방식으로든지 말이다.

그렇게 되지 않으면 어쩔 건데?

그렇게 잠깐 반문해 보지만, 의미 없다.

왜냐하면, 그렇게 될 때까지 할 테니까.

어차피 지금 이 상태면 다른 할 수 있는 일도 없지 않은가.

로그인, 로그아웃……

끝도 없이 반복되었다. 물론, 고통도 끝이 없었다.

*　　*　　*

모든 온라인 게임이 그렇듯, 무림 온라인에서도 불법적인 아이템은 용납되지 않는다.

그럼 어떻게 [초보자의 검]은 불법 아이템이 되었을까?

사실 형태를 바꾼 것만으로 [초보자의 검]이 불법 아이템이 된 것은 아니었다.

[초보자의 검]의 일련번호를 바꾼 것은 바로,

병괴의 내공이었다.

정상적인 방법으로 '신철' 을 녹일 수 없었던 병괴는 자신의 모든 내공을 사용해 몇 달 동안 망치질을 해 간신히 [초보자의 검]을 녹일 수 있었다. 그 과정에서 신철에 그의 내공이 깃들었다.

당연한 말이지만, 내공은 시스템에는 없는 스탯이다.

그런데 그 스탯이 [초보자의 검]에 스며들어 그 본질을 바꿔 버린 것이었다.

재미있는 사실은, 신무림 온라인 시스템은 이미 내공을 인식하고 있었다. 시스템이 이곳 사람들, 즉, NPC의 레벨을 측정할 때 가장 중요한 척도로 작용한 것이 바로 내공의 깊이였다.

내공이 높으면 고레벨, 낮으면 저레벨.

잘 모르면서도 그것이 NPC의 강함에 영향을 미친다는 걸, 시스템은 은연중에 알고 있었던 것이다.

희한한 일이었지만, 시스템에 발생한 수많은 오류들은 동봉수뿐 아니라 신무림 온라인까지 진화를 시킨 것이었다.

마치 동봉수가 이곳에 와서 변한 것처럼.

.
…
……
…….

210739.

로그인과 로그아웃이 반복된 수다.

동봉수는 정신을 놓지 않고 여태껏 그 수를 세고 있었다. 그리고 앞으로도 영원히 더 셀 수도 있었다.

그게 바로 동봉수였고, 살아 있는 한 포기를 모르는 존재였다.

하지만.

이제는 더 셀 필요가 없게 되었다.

왜냐하면.

[찰칵.]

210739번째 소삼의 몸에 로그인 했을 때, 드디어 에러 메시지가 들리지 않게 되었으니까.

대신 아이템을 장착할 때에 발생하는 익숙한 소리가 뇌리를 울렸다. 동시에 영혼을 잡아 뜯던 고통도 사그라졌다.

그에 동봉수는 아무 일도 없었다는 듯 태연히 장비창을 열었다.

마치 접촉 사고로 자동차 전면 유리가 깨진 것처럼 장비창 이곳저곳이 손상되고 금이 가 있었다. 시스템적으로 심각한 오류가 있었다는 걸 두 눈으로 분명히 확인할 수 있었다.

하나, 또한 완벽히 고장 난 것이 아님도 명확했다.

어쨌든 열렸지 않은가.

여전히 이 몸은 게임 캐릭터였고, 그 몸은 여러 가지 부수적인 기술을 사용할 수 있으리라.

동봉수는 차근차근 장비창을 살펴 갔다.

그리고 곧 달라진 점을 발견할 수 있었다.

비록 장비창 홀로그램이 많이 깨지고 상해 있었지만,

본질적인 모습은 이전과 조금도 다름이 없었다. 딱 한 가지만 제외하고는.

"장비칸이 하나 더 늘어났군."

이 차원계에 다시없으리만치 지독히도 무심한 육성이 병록각 안에 낮게 내리깔렸다. 동봉수가 다시 신무림 온라인에 접속했다는 걸 확실히 알려 주는 신호이기도 했다.

그리고 그 목소리만큼이나 무감정한 눈이 계속해서 홀로그램을 훑어갔다.

무기를 착용하는 칸 옆에 작고 희미한 아이템 칸이 하나 생겨 있었다. 그리고 그 칸에 [초보자의 ???]가 착용되어 있었다.

모양은 병괴가 만들어 준— 이제는 안전하게 소삼의 육체에 착용되어 있는 전신갑과 같았다.

[초보자의 ???]
?????
속성 : 무
필요 직업 : 공통
요구레벨 : 2

그것은 [초보자의 검]이 가지고 있던 본래의 능력을 모두 상실한 듯 보였고, 그 자리를 대신한 능력 '?????'

가 새롭게 부여되어 있었다.

하나, 그 '?????'가 의미하는 바에 대해 그리 오래 고민할 필요는 없었다.

"새로운 스탯이 생겼군."

스탯창에 이전에 못 보던 게이지 바가 보였다.

힘, 민첩, 지능 게이지 바 밑에 뭔가 다른 게이지 바가 새로 생겨 있었다.

그것이 바로 능력치 ?????이리라.

바로 그의 몸을 타고 흐르던 전류 같은 그것일 테지.

비록 ?????로 되어 있었지만, 동봉수는 그것이 뭔지 이미 짐작, 아니, 확신하고 있었다.

"내공인가."

그랬다. 그의 말대로 그건 내공의 양을 나타내는 게이지 바였다.

사실 일전 당오가 그를 보고 무혈지체라고 말하며 개정대법을 시행했을 때 그는 동봉수의 몸에 기가 흐르는 길이 생겼다고 착각했었다.

하지만 그건 완전한 착각이었다.

정확히 말하면 무혈지체, 즉, 캐릭터는 혈이 없을 뿐만 아니라 단전이 없어 오히려 내공을 익힐 수 없는 체질이었다.

한마디로 당오가 생각했던 것처럼 천고의 신체가 아니었던 것이다. 오히려 일반인보다 무공에 적합하지 않은 최악의 신체였다. 아예 무공이란 것을 익힐 수가 없었으니까.

동봉수는 용병생활 기간 이미 그 사실을 잘 알고 있었다.

그는 지난 번 선중산 절벽 아래에서 당오와 당화 등을 죽이고 많은 비급을 습득했었다. 그때 얻은 무공들을 익혀 보려 했지만, 오래지 않아 내공이 그의 몸에 조금도 쌓이지 않는다는 걸 깨달았다.

그리고 그걸 안 순간 동봉수는 내공심법을 익히는 걸 그만뒀다.

그런데.

무간지옥의 끝에서 비로소 그의 몸에 내공이 생겼다. 아니, 좀 더 정확히는 내공 포인트가 생겼다.

그것도 무려 Lv.35만큼의 포인트가 한꺼번에. 물론 신무림 온라인 시스템의 자의적인 해석에 따른 것이었다.

찌르르—

동봉수의 의지가 작용하자 [초보자의 ???]을 통해 내공이 흘러 전신으로 마구 퍼져 나갔다.

[초보자의 ???]는 혈자리가 없는 그의 온몸에 진기를 공급하며 단전과 같은 역할을 무리 없이 소화해 냈다.

"그럼 이제 이런 것도 되는 건가."

퓨뷰뷰뷰욱—

동봉수가 벽면을 향해 손을 휘둘렀다. 뭔가를 던지는

것처럼.

그러자 인벤토리를 통해 그의 손으로 빠져나온 십여 개의 세침이 나비 모양처럼 뭉쳐서 날아가 벽에 그대로 박혔다.

그것은 바로!

당오의 독문절기인 추혼비접이었다. 비록 그 수가 당오가 사용하는 것에 비해 훨씬 적기는 했지만, 분명히 추혼비접이었다.

"……."

동봉수의 입술이 무심히 일자를 그린다. 이가 드러날 듯 말 듯 아른거린다.

그리고.

그로써, 동봉수는 완전한 무혈지체가 되었다.

동봉수가 다시금 진화에 성공했고, 한 발짝 더 앞으로 나아갔다.

외전 3

또 다른 미치광이의 탄생

絶
世
狂
人

행하지 못할 욕망을 심어 주기보다는 갓난아기를 요람에
서 죽여 버리는 편이 낫다.

— 윌리엄 블레이크(William Blake), 영국 시인 겸 화가

*   *   *

하늘에 이상한 별이 떴다.
내가 잉태되었다.
속삭임이 시작되었다.

[죽여라. 모두 죽여라.]

＊　　＊　　＊

나는 지금도 똑똑히 기억한다.
땡그랗고 귀여운 달이 떠오른 날,
나는 태어났고, 처음으로 죽었다.

＊　　＊　　＊

나는 아직 여물지 않은 손으로 엄마인 여자의 배를 열
고 마침내 세상 밖으로 나왔다.
"끄아악!"
"으악!"
"사람 살려!"
이리저리 날뛰는 사람들이 나의 탄생을 반겼다. 그들
의 비명도 마찬가지.
아함~!
아마도 그때 나는 크게 한 번 하품을 했던 것 같다.
까르르~!
어쩌면 이렇게 웃고 있었는지도 몰라.
아닌가? 둘 다 했었던가?
뭐, 아무튼 나는 그런 행동을 하며 머리가 없는 엄마인
여자의 젖을 물었다. 본능이었지. 영양소를 공급해 주던

것이 끊겼으니 어떤 식으로든 양분을 섭취해야 살아나갈 수 있다는 걸 자연스레 알고 있었던 것일 테지.

걸쭉한 붉은 액체가 비릿한 모유에 섞여 입 속으로 들어왔다. 아직은 좁은 목구멍으로 숨쉬기 어려울 정도의 액체가 마구마구 몰려 들어왔지만, 아랑곳하지 않았어. 그때 느낀 찝찝한 감각이 제법 좋았었던 것 같아.

"사람 살려!"

날카로운 쇠붙이를 들고 있던 산적 무리들이 이리저리 날뛰며 내가 태어난 마차 주변의 사람들을 마구 베었지.

나는 마냥 엄마의 젖을 빨기만 했어. 아무래도 좋았으니까.

그들이 어떻게 되든 상관이 없었어.

얼마의 시간이 더 흘렀을까?

배가 빵빵하게 불렀다. 더는 피와 젖이 섞인 액체를 먹을 수 없게 되었을 때, 시끄러운 소리가 잦아들었다.

푹.

"끄……."

풀썩.

마지막 차례였던 남자가, 내 엄마인 여자의 잘린 머리 위에 또다시 엎어졌다. 그의 핏발 선 눈이 나를 바라봤다. 뭔가 억울해 보였지만 역시나 내게는 중요한 것이 아니었어.

까르르—

나는 그를 보고 웃었다. 아무래도 놀고 싶었던 것일 테지.

"팔짜 좋은 애새끼로군. 지 애미 애비는 싸그리 뒈졌는데 말이지."

털북숭이 산적두목이 그제야 나를 발견하고는 재수 없는 목소리로 말했다.

"두목. 어떻게 할까요?"

족제비처럼 생긴 산적 한 녀석이 피범벅이 된 더러운 손으로 내 발바닥을 간질이며 말했다.

어제 이 대목에서, 같이 놀고 싶은 마음에 참지 못하고 녀석의 저 쭉 찢어진 눈을 손가락으로 찔렀다가…….

반토막이 나 버렸다.

만약 땡그랗고 귀여운 저 달이 또 뜨지 않았다면 꼼짝 없이 생을 마감했겠지?

그러니 오늘은 조금만 참자. 까르르.

아직 놀 때와 참을 때를 잘 구별하지 못하던 어린 시절의 나였지.

"꼬챙이면 죽이고 구멍이면 산채(山寨)로 데려간다."

어제—아니, 오늘이든가?— 확인했는데 분명히 구멍이더라. 아찌.

얍삽하게 생긴 놈이 내 하체를 확인하고는 탯줄을 잘랐다.

그래, 나 구멍이야. 까르르—

나는 활짝 웃었다.

그에 산적들도 웃었다.

"크크크. 뭐 때문에 데리고 가는지도 모르고 좋아하기는."

놈들의 웃음이 음흉스러웠다.

그에 나는 다시 웃었다. 까르르—

아마 그때 그들은 내가 왜 웃는 것인지 전혀 몰랐을 테지. 까르르—

[죽여라. 모두 죽여라.]

그때도 물론 속삭임은 계속되었었다.

나를 뺀 누구도 들을 수는 없었지만 말이야.

*　　*　　*

10개월이 지났다.

털북숭이를 아빠라고 부르게 되었어.

녀석은 징그럽게 웃으며 내게 말했다.

"크크크. 아빠? 아빠 좋지. 지금은 그 정도만 되어도 좋아. 음…… 그럼 나도 네 이름 하나 정도는 지어 줘야겠지."

연영하.

그날부터 사람들은 나를 그렇게 부르기 시작했다.

······.

······

···

.

다섯 살이 되었다.

나는 '그것'의 속삭임을 참기 어려웠지만, 그래도 참았다.

왜냐고?

응······ 뭐랄까.

어느새 산적 녀석들이랑 정이란 것이 생겨 버렸달까.

아빠, 삼촌, 아찌.

그들과 가족이 되었다. 그렇게 믿고 싶었어.

아무튼 그런 감정의 찌꺼기 때문에 그들과 놀기를 꺼렸었다. 그래서 '그것'을 산채에서 꺼낸 적은 한 번도 없었어.

보통 사람?

그래, 그때는 그렇게 될 수 있다고 믿은 것 같기도 해.

꽤 오랫동안 같은 달이 두 번, 세 번 연속해서 뜨는 날도 없었던 것 같고.

그때의 나는 정말 순진했던 것 같아. 바보같이.

······.

······

...

.

열 살이 되었다.

어느 날 아빠가 나를 자기 방으로 불렀어. 그리고는 음흉하게 내 몸을 훑으며 말했다.

"우리 영하. 오늘 아빠랑 같이 잘까? <u>흐흐흐</u>."

"······."

올 게 왔다.

오지 않길 바라는 마음이 있었지만, 나도 알고 있었어.

가족들이 나를 어떻게 바라보는지. 또, 어떻게 생각하는지.

그래서······.

웃었어. 헤헤헤.

내 웃음소리는 아기 때 그것과는 전혀 딴판이었지만, 그래도 꽤 천진난만했을 거야. 물론, 귀엽기도 했을 거고.

"아빠, 고마워. 그리고 미안해."

이제는 자연스러워진 내 말과 목소리다.

아빠, 아니 처음 만났을 때보다 훨씬 나이 든 털북숭이가 징그럽게 웃었다. 그래, 징그러웠어. 아주아주 많이.

"아니, 내가 고맙고, 미안하지. <u>흐흐</u>."

"아냐. 내가 고마워. 내 첫 남자가 되어 줘서. 그리고 미안해. 내 첫 남자가 아빠라서."

"흐흐흐. 네가 그렇게 이해해 주니 아빠는 정말 기쁘구나. 이리 오너라."

나는 은밀하게 손짓하는 털북숭이를 바라보며 은근하고 귀엽게 웃었다.

그리고.

십 년간 시끄럽게 떠들던 '그것'을 아주 잠깐 세상에 풀어놓았다.

내 얼굴이, 또 내 눈이…… 색욕에 물든 털북숭이의 눈빛에 반사되어 보였다.

새까맣게, 아주아주 새까맣게 변해 있었다.

＊　　＊　　＊

그날 정말 오래간만에 같은 달이 두 번 떴다.

나는 가족들에게 두 번의 기회를 줬건만, 그들은 모두…….

나와…… 그것과 놀기를 원했다.

[죽여라. 모두 죽여라.]

＊　　＊　　＊

산채는 조용해졌고, 냄새가 진동했다.

찰박찰박.

나는 피바다 위를 종종걸음으로 지나쳤다.

어쨌건 그걸로 시끄럽게 떠들어 대던 '그것'의 외침도 잠시나마 고요해졌다. 뭐, 그리 오래 참을 것 같지는 않았지만 말이야.

며칠이 더 지나면,

이전보다 더욱 시끄럽게 떠들어 대겠지?

나는 산채를 나와 하늘을 올려다봤다.

이상한 별은 더 이상 보이지 않았다.

"에이, 뭐야? 누가 내 앞을 가로막고 있네? 처맞을라고."

밝은, 그러면서도 색이 투명한 어떤 별이 내 앞을 가리고 있었다.

그것을 보는 순간, 더 놀고 싶어졌다.

"만나고 싶어. 만나자. 놀자놀자."

나는 손을 하늘 높이 뻗었지만, 닿지가 않았다.

어딘지 모르게 동질감이 느껴지는 그 희한한 별을 잡기 위해 나는 세상 밖으로 나왔다.

그 후 몇 년이 더 흘렀지만 아직 찾지 못했다.

언젠가는 찾을 수 있겠지?

그리고.

같이 놀 수 있겠지?

그래그래, 이 넓은 중원 하늘 아래 어딘가에는 있을 거야, 분명히.
내 눈이 다시금 까맣게 물들어 갔다.
내 유일한 친구가 속삭인다.

[죽여라. 모두 죽여라.]

「절세광인 5권 계속……」

http://www.bbulmedia.com